文身狗

[德]保罗·马尔 著 李士勋 译

二十一世纪出版社集团
21st Century Publishing Group

图书在版编目（CIP）数据

文身狗 /（德）保罗 · 马尔著；李士勋译．-- 南昌：
二十一世纪出版社集团，2024.4（2025.2 重印）
（彩乌鸦世界文库）
ISBN 978-7-5568-7710-2

Ⅰ．①文… Ⅱ．①保… ②李… Ⅲ．①童话 – 德国 –
现代 Ⅳ．① I516.88

中国国家版本馆 CIP 数据核字（2023）第 147917 号

文身狗

WENSHEN GOU　［德］保罗 · 马尔 著　李士勋 译

出 版 人　刘凯军
策划编辑　彭学军　魏钢强　　美术编辑　彭　蕾　彭　渤
编辑统筹　谈炜萍　　责任制作　缪雪萍
责任编辑　孙睿旼　刘晨露子　　Logo设计　先锋设计 · 赵抒濛

出版发行	二十一世纪出版社集团（江西省南昌市子安路75号　330025）		
网　　址	www.21cccc.com	印　　数	5,001~15,000 册
经　　销	新华书店	开　　本	889 mm × 1300 mm　1/32
印　　刷	南昌市红星印刷有限公司	字　　数	74千字
版　　次	2004年1月第1版　2017年12月第2版	印　　张	5
	2024年4月第3版	书　　号	ISBN 978-7-5568-7710-2
印　　次	2025年2月第2（总第71）次印刷	定　　价	25.00 元

故事里讲述的故事

［译后记］

一天下午——四点半之前——一条狗走进原始森林，在那儿碰见一头狮子。

“你从哪里来?”狮子惊讶地问。

“从东北来。”狗一边说，一边指了指南方。

“你要到哪里去?”

“去西南。”狗回答，同时指了指北方。

“你到底是谁?”

“文身狗!”狗回答。

“谁?”狮子睁大了眼睛问，吃惊地把脑袋歪到一边。

“文身狗!”狗大度地重复了一遍。

过了一会儿，狮子“哦”了一声，然后，他们的谈话停顿了片刻。这位百兽之王不知道说什么好，开始端详这位孤独的行者。要不是刚才听他说自己是一条狗，狮子很可能把他当成一头猪，因为他虽然有狗的头、狗的耳朵，还有一条狗的尾巴，但他根本就没有体毛。他的皮肤光溜溜、红润润的，酷似猪崽儿的或者人的皮肤。

然而，更令人惊讶、感到非同寻常的，是他的全身布满了花纹、图形和用蓝红线条绘制的图画。

那些文在身上的图画，有弯曲缠绕的文字，有异国的植物、稀奇的花朵和高大的树木，还有尾羽很长

的鸟儿。其间的小幅图画，画着各种奇特的人物、事件和动物。那些画都很美丽、逼真。狮子在观察的时候不禁心生疑惑：它们是画上去的呢，还是活的呢？

狗一走动，他背上画中的树枝就会像在风中那样摆动起来。当他稍微耸动皮肤时，画中的鸟儿就会剧烈地抖动起翅膀和那长长的尾羽。

文身狗从容不迫地坐在那儿，好像他早已习惯了被这样盯着看。当狮子要欣赏他屁股上的图画时，他甚至还站了起来，好满足狮子的愿望。最后他还仰面躺下，这样他肚子上那些漂亮的图画也就一览无余了。

过了好一阵子，当狮子察看完毕时，狗终于忍不住对狮子解释说："每一幅图画都有一个故事。"

"一个故事！"非常爱听故事的狮子分外高兴地说，"那就请你至少给我讲一个吧！"

"非常乐意！不过，饿着肚子，我可是讲不好故事的。"狮子敞开的公文包里放着肝肠面包，文身狗贪婪地看着，那是他刚刚发现的。

这位百兽之王在处理事务的间隙总喜欢吃点儿零

食，他有点儿舍不得那个面包。可他太想听故事了（况且他的公文包里还有一块火腿、四个奶酪面包、两个小果酱面包和一根腌黄瓜），所以就把那个肝肠面包送给了文身狗。等文身狗一吃完（狗吃得很快），狮子就指着他背上的一处问："这幅画是什么意思？"

"那幅画，"狗看也没看就说，好像他对自己身上的每一处都了如指掌似的，"只是一个图案，压根儿就没有什么意思！"

"哦！"狮子应了一声（现在是第二次了）。

"那这儿是什么？"狮子边说边指着另一个地方。

"那儿，"狗并没有往那儿看就说，"那是一个画谜。"

狮子第三次"哦"了一声，然后就仔细地观察起来。"可是，都不是故事。"他抱怨说，"顶多说明一些什么！"

"是的。"狗说，"你必须选择那些黑色的、有边框的画，那些画表现的是动物或者人的故事。"

"那我想听一听这三只猫的故事。"狮子指着狗后脑勺上的一幅画说。

“猫？那是猫？”狗愤怒地大声说，“我永远不允许谁在我身上文那种毫无同情心的畜生！有些画画得虽然不那么好，但看起来，每个动物都还是有理智的。不过那儿画的是猴子，不是猫！”

“对不起，我没戴眼镜，我的视力已经不那么好了！”狮子请求原谅，“我指的当然是猴子的故事！”

“那是两只猴子。”文身狗和蔼地解释说，“猴子施莱维安和猴子库库克，他们是我认识的最调皮捣蛋的猴子。”

“在猴子面前可得当心！”狮子插了这么一句。

“当然！没有被他们戏弄过的动物已经不多了。他们淘气，爱骗人，爱开玩笑，狡猾，喜欢上蹿下跳，总是很快乐——不过，他们本来不坏，或者说不太坏。当他们策划一个新的恶作剧时，所有的动物都跟着大笑不止。当然只能笑到他们意识到自己被欺骗时为止。然后他们就会觉得这个玩笑很没意思。猴子放肆，笑者愚蠢！”

“尽管如此，你好像很能容忍他们似的。”狮子断定，然后猜测说，“左边这只猴子一定是库库克。”

“不对，那是猴子施莱维安。”

“哦！那猴子库库克一定是中间的那只。”

“不对，猴子库库克站在右边。”

“那中间的猴子叫什么？”

“那不是猴子！”

“那他肯定是一只猫了！”狮子得胜似的大声说，“我的眼睛还不像人们常说的那么糟糕！”

“我不得不让你失望了！中间的那个不是猫，是人，而且是一个坚果商人。”

“什么坚果商人？”

“坚果商人！只有一个，而且那一个就是他。”

“那他在图画里要干什么？”

“他在图画里，是因为故事里有他。如果你不听，而是不停地插问，那你永远也听不到你想听的故事。”

然后，狮子就完全安静了下来。

文身狗开讲了——

猴子施莱维安和猴子库库克
是怎样偷窃了
坚果商人一袋坚果的

早就有人警告过坚果商人。

“不要穿过这座原始森林。”他们说，“那儿很危险！”

“为什么？”坚果商人胆战心惊地问，“那儿有野兽吗？”

“野兽倒是没有，”人们回答说，“但是，猴子施莱维安和猴子库库克住在那座森林里。在你第二次说出‘坚果夹子制造公司’之前，他们就会把你装着坚果的口袋偷走。”

“愚蠢的废话！”坚果商人大笑起来，“反正我不会说那么多，而且根本不会说第二遍。再说，我也不会在原始森林里谈生意！虽然我有时候会提到花生油啦，椰子奶啦，有时候也可能说起榛子磨坊、核桃蛋糕配方，或者胡桃木五斗橱、核桃壳粉碎机，以及诸如此类的东西……”

“够了，我们相信你。”人们打断了他的话，“无论如何，我们只是给你提个醒儿！”

“此外，”坚果商人补充说，“我总是随身带着一根结实的榛木棍子（用榛子油擦过的，很好用），我可以用它把小偷赶走。”

说完，他就把一袋坚果装到自己的胡桃木手推车上，用力地往手掌上吐了一口唾沫，戴上他的榛色礼帽，高高兴兴地吹着口哨，走进了树林。

此刻，猴子施莱维安和猴子库库克正坐在一棵大树的树枝上。他们背靠树干，晃动着两只脚，玩着“看谁憋得久”的游戏。忽然，听见树底下响起古老的《坚果树之歌》的旋律。

“爬到树梢上去，看看谁来了！”猴子施莱维安对猴子库库克说。

可是，猴子库库克正憋着气，他摆着手，意思是说，现在不能动。

猴子施莱维安只好迁就他，自己慢慢地向上爬去，但他很快就爬了下来，激动地摇晃着猴子库库克的肩膀说：“你知道谁正在穿过树林吗？除了那个坚果商人没有别人！他的手推车上装着一袋坚果，我敢打赌，那里面装的是最好的坚果！我们一定要把那个口袋拿到手！”

他们匆忙地从树上下来，跳到地面上，蹑手蹑脚地尾随在坚果商人身后。他们屏住呼吸，一点儿一点儿地接近他。

不过，坚果商人已经发现了他们。当两只猴子来到他身边就要抓他的口袋时，他猛地松开小推车，抽出棍棒，照着猴子施莱维安的屁股打了一下子，接着又击中了猴子库库克的后背。两只猴子惊恐地吱吱尖叫着，跳起半米高，急匆匆地消失在树丛里。

“现在见识到真正的坚果商人是什么样子了吧！”他心满意足地一边说着，一边抓起小推车，“他们大概不敢再来了！”于是就吹着口哨，继续往前走去。

他还不完全了解那两只猴子！这时候，他们正躲在树丛后面，挠着后背和屁股商量着，不能就这么轻易地放走那个坚果商人。

“他比我们强壮。”一只猴子说，“我们得想一想，怎么用智慧战胜他。”说着，他们便陷入思考。

坚果商人走了大约一刻钟就突然停住，不往前走了。原来一根树枝横在前面的路上，树枝很粗，他的小车过不去。

“原始森林里到处都乱七八糟的!”他叹息了一声，放下小车，想把那根树枝顺直拉到一边去。这时，他觉察到身后有动静，就很快转过身来。他看到了什么?还是那两只猴子！原来，他们跑到了前面，把树枝放在路当中，到树丛后面藏了起来，现在正要把那个坚果口袋从车上拉走。

这下子坚果商人发怒了，他抓起棍棒，向那两只猴子冲了过去。要不是猴子很快松开了口袋，消失在树丛后面，他肯定会狠狠地揍他们一顿。

“这两只泼猴，比我想象的还要狡猾。”坚果商人一边走，一边自言自语，“我得小心了，可不能让他们再来捉弄我!”

果然——他继续走了不到两百步，就看到猴子施莱维安坐在前面的路上。商人疑虑重重地推着小车，慢慢地接近他，然后停下来，做出要去抓棍棒的样子。

“你不要打我。”猴子施莱维安很快地大声说，“我可没有什么坏心眼!”

“那你要干什么?”坚果商人问，“那只猴子哪儿去了?”

“猴子库库克走了！”猴子施莱维安回答，“我只是想让你猜一个谜，没别的意思。”

“这个可以。”坚果商人说，“但你不能靠近我，不然我就打你。”

“好！”猴子施莱维安说，“首先我要来考考你，看你有没有能力解答更难猜的谜。这个问题就是：那儿，那个口袋里装的是什么东西？”

“这不能再简单了！”坚果商人大声说，还鄙夷不屑地笑了笑，“这个口袋里装的是最最优良的坚果。”

“很好！”猴子施莱维安说，“我看，你就是一个最优秀的猜谜者。现在听我的谜语：

小木桶，真好看，
里面有个白蛋蛋儿。
要想得到它，
木桶砸两半儿。”

坚果商人思考了半天，也没有想出谜底。

“我会把谜底告诉你的。”过了一会儿，猴子施莱维安说，“那是榛子！”

“榛子？”坚果商人惊异地问。

“是啊，就是榛子！木桶是它的外壳，甜甜的蛋形果仁躺在里面。”

“我喜欢这个谜语！”坚果商人兴高采烈地说，“我要立刻把它记下来，免得忘了！”

他把小推车放下，从口袋里掏出铅笔和纸，开始写起来。

就在这个时候，小车旁边的树丛被悄悄地分开了。早就蹲在那里的猴子库库克溜了过来，悄悄地抓起小车上的口袋，放到肩膀上。坚果商人正在思考：“木桶”的德文“法斯”（Fass / Faß）①，是写两个“爱思”（s）还是写一个“爱思蔡特 ”（ß）。要不是他把纸高高地举起来看，背着口袋的猴子可能早就消失在树丛里了。

说时迟，那时快，他迅速地一把抓住口袋，把它从猴子肩膀上拽了下来。猴子库库克立刻放弃了他的战利品，匆忙地蹿进树丛里消失了。

---

① 德文“ß”通常可以写作“ss”。

坚果商人看到自己抓不住猴子库库克，就转过身来，想以他的方式把那个“砸两半儿”的谜语“写”在猴子施莱维安的屁股上，可是那只猴子已经爬到树上不见了。

“这才真是一个谜呀！”坚果商人骂道，“这样下去，他们可真够我烦心的了。”

事实上，也确实没完。

坚果商人刚走出几百步，就远远地看见有个东西横在路旁。走近一看，认出是猴子库库克，他火冒三丈，立刻开骂。

可任他怎么叫骂和威胁，猴子库库克像没听见似的，躺在那儿一动不动。坚果商人停止了叫骂，他想，这只猴子也许真的睡着了。谁知道呢，也许他真的跑累了！这正是一个抓住他的绝佳机会！坚果商人扫视了一遍路旁的树丛，看猴子施莱维安是不是躲在那后面，然后放下小推车，轻手轻脚地朝猴子库库克走去。

可是，当他距离装睡的猴子还有两步之遥时，那家伙噌的一下子跳起来，从茫然不知所措的坚果商人眼皮子底下钻进矮树丛里去了。这时候，坚果商人才明白猴子玩的什么把戏。他以闪电般的速度回到自己的小车那里，然而已经太晚了。

在这期间，藏在树上的猴子施莱维安已经爬下来，背着口袋爬到树上消失了。不管坚果商人跑多快也来不及了。那只猴子紧紧抓住口袋，从一根树枝跳到另一根树枝上，从一棵树跳到另一棵树上，很快就消失在浓绿的密林中。

现在，坚果商人洪亮的单声部咒骂表演开始了。他拿着那根棍棒在空中挥舞，像是在打着拍子。由于怒不可遏，他的诅咒变得语无伦次、结结巴巴，最后连他自己也不知道到底想骂什么了。

“真可恶，活见鬼！唉，我真笨！”他一阵又一阵地叫喊着，“但愿每天有一个坚果掉在他们的胖脑袋上，接着再来一磅坚果壳！让花生像雨点儿一样打在两个骗子的脑袋上，让榛子像冰雹一样……我刚才说什么来着？榛子冰雹！哼，这两个骗子，这两个坚果贼，这两个偷坚果的骗子，这两个坚果骗子，这两个坚果小偷！这两个贼小偷坚果骗子！”

他不得不推着空车，骂骂咧咧地顺着来时的路返回了。

猴子库库克看到计谋如此成功，高兴极了。现在他要走捷径，赶快回到他们居住的那棵树上，在那儿跟猴子施莱维安会面。可是，猴子施莱维安还没有回来。

“我就在这儿等他。”猴子库库克自言自语，“扛着一袋坚果肯定走不快，只能慢慢地往前走！”他坐在较低的一根粗树枝上，想着马上就能吃到许多坚果，口水已经在嘴巴里汇集起来。

可是，他抓耳挠腮地等了半天，那只猴子还没来。于是，他就大喊起来：“施莱维安，施莱维安！”半天没有回应，一种不祥的预感在他心中慢慢地升起。

他动身去找猴子施莱维安。他太熟悉这座林子了，比他母亲对自己的针线筐还熟悉。他曾在每一个角落或者隐身处躲藏过，所以很快就在一个小湖边找到了施莱维安，他正远远地躺在岩石和稠密的树丛后面。其实应该说，猴子施莱维安正在一个小湖里面。他正坐在一段树干上，而那段树干漂浮在水面上，距离岸边不远不近，刚好一下子跳不上去。他正搂着打开的坚果口袋，用他那坚硬的牙齿咬着榛子。他周围的水

面上漂着一些咬碎的果壳。

“那我的坚果呢?”猴子库库克站在岸上，不知所措地问。

“什么坚果?”猴子施莱维安吐出果壳，亲切地问。他把果仁拿在手里，翻来覆去地端详着。

“不要问这种愚蠢的问题!”猴子库库克气呼呼地说，“当然是我的那一半，就在你搂着的口袋里!”

“为什么应该有你一半?”猴子施莱维安问。他闻了闻拿在手里的果仁，然后扔进水里，又伸手拿出另一个。

“因为这些坚果是我们一起偷来的！”

“‘偷’可不是一个好听的字儿。”猴子施莱维安说着扭曲了脸，“还是说‘顺手牵羊’更好听。”

“因为这是我们一起‘顺手牵羊’拿来的。”猴子库库克马上纠正了刚才的说法。

“一起拿来的吗？”猴子施莱维安嚼着果仁惊异地问，“根据我的回忆，口袋是我一个人顺手拿来的。”

“那就是说，你一点儿也不想给我啦？”库库克愤怒地大声喊道。

“是的。”猴子施莱维安一边嚼着满嘴的果仁咕哝着，一边把头埋进他的坚果口袋里。

猴子库库克二话没说，转身就消失在了树林里。起初，他想找个地方坐下来，难过一会儿。过了片刻，他认为应该想出一个恶毒的办法，来报复一下猴子施莱维安。最后，他终于想出了一个更好的主意。猴子库库克抓住一只正好在面前的树上蹦来蹦去的松鼠，恐吓他说，自己在不远处看见了一只饥肠辘辘的大老虎。小松鼠一听到老虎就吓得浑身哆嗦，然后像一块铺路的石子那样一动不动了——这种状态差不多要持续一刻钟那么久。

猴子库库克把吓呆了的小松鼠盘在自己的脑袋上，让他的长尾巴耷拉在一边，重新向小湖边走去。猴子库库克在湖边昂首阔步地走来走去，摆出一副若无其事的样子，好像完全没有看见猴子施莱维安正坐在浮动的“小岛”上。

猴子施莱维安惊愕地张大嘴巴，完全忘记了咀嚼嘴里的榛子。他划动树干，向岸边靠近了一些。他问：“你这是怎么啦？你干吗像马戏团的马那样又蹦又跳，还撇着腿扭着屁股走来走去？这是什么意思？”

猴子库库克面无表情地看着他，迈着小碎步优雅地走来走去，忽然又站住不动了，惬意地观看着自己在水中的倒影。他把小松鼠正了正，好像对自己矫正之后的外表更满意了似的，又继续扭扭捏捏地走起来。

现在猴子施莱维安已经靠到岸边。他目不转睛地看着猴子库库克，终于忍不住问：“你头上顶的到底是什么东西？”

猴子库库克从他面前溜溜达达地走过去，然后来了个漂亮的转身，又趾高气扬地走回来。在经过猴子施莱维安面前时，他直截了当地说："这是一顶俄罗斯皮帽子，还是一个样品，十分昂贵！而且——正如你看到的那样——也很有风度！它好像极其适合我，刚才我从长耳鸮面前经过的时候，长耳鸮说：'猴子库库克先生，这顶迷人的皮帽子特别适合您戴。'"

猴子施莱维安更加惊奇了。猴子库库克并没有停止来回溜达，所以，他也跟在猴子库库克身后，跟着转身。每转身一次，猴子施莱维安都会提出一个新的问题。

"你从哪儿弄来的这顶帽子？"

"坚果商人走后不久，来了一个皮货商人……"猴子库库克撒谎说，"可惜你走得太快，不然我就告诉你了。我偷偷地跟着他，顺手牵羊，就把这顶最漂亮的皮帽子拿过来了。"

"你的意思是：偷来了。"猴子施莱维安纠正说。

"'偷'可不是一个好听的字儿！"猴子库库克说着扭曲了脸，"不管怎么说，它很适合我戴，它好像就是为我定制的一般。"

“我可以……”猴子施莱维安结结巴巴地问，“也许我可以请求你让我试戴一下？”

“很遗憾，不行！”猴子库库克回答，同时用一个很优雅的姿势将松鼠尾巴从脸上撩开，“这样珍贵的皮帽子可不能松手，或者说得更准确些，不可以从头上拿开。”

“如果我从你手里买下它呢？”

“从我手里买下它？”猴子库库克同情地笑了笑，“你能用什么来购买这顶昂贵的皮帽子呢？”

“我可以把坚果给你呀！”

“坚果？”猴子库库克重复了一遍，摆出一副不得不考虑考虑的样子，“唉，不行啊。坚果远没有我这顶真正的皮帽子值钱！”他又像先前那样踮着脚来回走起来。

这时候，猴子施莱维安使出了浑身解数，他用十分高雅而又甜蜜的声音百般乞求。

猴子库库克终于松口了：“说真的，做这桩买卖等于我自己欺骗自己！但是，因为我那么喜欢你，又因为我有一副软心肠，更因为你的乞求触动了我的神经，所以，我愿意破这个例。把坚果给我吧，这顶帽子就归你了！”

猴子施莱维安跑过去，把坚果口袋拖过来。猴子库库克把口袋放回树干小船，从头上取下松鼠，放到猴子施莱维安脑袋上，接着迅速跳上树干，匆忙向湖心划去。然后打开口袋，开始津津有味地咬开坚果，吃起果仁来。

猴子施莱维安在岸上趾高气扬地大踏步走来走去，就像他看见的猴子库库克散步时的那个样子。但是，当他走到一棵树枝低垂的树下时，松鼠一下子跳到树枝上，很快消失了，因为此时松鼠已经从惊吓中苏醒过来了。

猴子施莱维安对此毫无觉察，继续挺着僵硬的脖子来回走着。他把脑袋伸向高处，还来了个漂亮的转身，完全像猴子库库克刚才做的那样——不同的只有一点，现在他的脑袋上什么也没有。这时候，他听见猴子库库克哈哈大笑，于是就站住了，问："有什么可笑的?"

猴子库库克坐在他的树干上，捧着肚子哧哧地笑个不停。稍后他忍住笑大声说："你为什么像马戏团的马那样，趾高气扬地扭着屁股?"

"愚蠢的问题!"猴子施莱维安生气地回答，"你没有看见我头上戴着的皮帽子吗?"

"什么皮帽子?"

"不管怎么说，这很有风度！真正的俄罗斯的样品!"

“真的很有风度。”猴子库库克讥讽地说，“那风度美到人们根本什么也看不见！”

“为什么忌妒有时候能使一只猴子变得如此过分?!”猴子施莱维安同情地说。他正想把帽子扶正，可是，他发现头上并没有帽子，而他已经这样来来回回走了半天了。他跑到湖边，在水中照了照。果然，帽子不翼而飞了。

他在湖岸上找了个遍，一无所获。每一块石头后面他都看过了，帽子踪影全无。

他气冲冲地跑到岸边，对着猴子库库克叫喊起来：“喂，你！把我的坚果还给我！”

“什么坚果呀?”猴子库库克亲切地问。他把嘴里正在咬着的果壳吐出来，拿着果仁，翻来覆去地端详着。

“不要问这种愚蠢的问题！”猴子施莱维安气呼呼地说，“当然是我的坚果，就是现在摆在你面前的！”

“为什么这些坚果是你的呢?”猴子库库克反驳说。他闻了闻拿在手里的果仁，然后扔进水里，又伸手拿出另一个。

“因为我用它跟你换了皮帽子，现在我没有帽子了，所以我必须把坚果拿回来！”

“你本来应该好好保管那顶帽子，那样它就不会丢失了。”猴子库库克说着，咬开另一个坚果，“再说，我得到一半坚果绝对是合情合理的，难道不是吗？”

“是的。”猴子施莱维安不得不嗫嚅着承认。

猴子库库克满嘴果仁。“这就对了。”他吧唧着嘴，口齿不清地说。接着，又继续把头埋进他的坚果口袋里。

直到吃完最后一个坚果，他才划到岸边，对仍然气呼呼的猴子施莱维安说：“现在，跟我来吧！”他们就一起回家了。

狮子一直聚精会神地听着，没有再提出任何问题。故事听完了，他热情地说：“一个很棒的故事！我还从没听过比这更棒的故事。也很有趣，比如他们终于机智地战胜了坚果商人，拿走了坚果口袋，他们也互相欺骗了对方，还有……”

“你没有必要重复我讲过的故事。”狗居高临下地打断了他的话，“也就是说，我已经知道了！”

“如果所有的故事都那么棒，那么我想请你立刻讲第二个故事。”狮子央求说，“为了这个故事，我甚至会让你咬一口火腿！”

“谢谢，目前我还饱着呢。为了调剂一下，现在你来讲一个故事怎么样？”

“我也能讲。”狮子迟疑了一下说，“但我必须承认，相对而言，我更愿意听故事。所以，你必须坚决地向我保证，我讲完之后可以继续听你讲！”

“没问题。”狗答应了。

“我要给你讲的故事叫《亨塞尔与格蕾特尔》！”狮子要开始讲了。

“《亨塞尔与格蕾特尔》？”狗问，“这个故事我早就知道了。”

“但那是我知道的唯一的故事。”狮子笑着回答，“那是一个关于凶恶的亨塞尔、凶恶的格蕾特尔和巫婆的故事。”

“你是想说亨塞尔、格蕾特尔和凶恶的巫婆的故事吧！”狗纠正他说。

“为什么是‘凶恶的巫婆’呢？”狮子惊异地问，“巫婆可是一个好女人，凶恶的大概是那两个孩子吧！”

“这么说，也许我知道的是另一个故事。”狗承认说，“也就是说，你可以讲你的故事。你到底是从哪儿听来的呢？”

“有一次，我在树林里遇到一个小巫婆，她给我讲的。”狮子回答着，并开始讲起来——

凶恶的亨塞尔、凶恶的格蕾特尔和巫婆的故事

从前，有一个老巫婆。她工作了整整一辈子，从早到晚，天天都在施魔法、行巫术、念咒语。现在她老了，魔力减弱了，威力也慢慢消失了。

但是，她并没有像有些巫婆那样，老了就变得又凶恶又狠毒。她对自己说："我的魔力快要没了。现在我要找点儿别的事情做，这样我就不会无所事事，满脑子都是阴暗的念头了。我要把自己的家变成一个又大又宽敞、美轮美奂的巫婆之家！"

从第二天起，她就开始以最神奇的方式美化她的巫婆小屋：把胡椒蜂蜜饼放在瓦片上；把面包和蛋糕糊在墙上；用杏仁和其他的果仁做装饰；把窗玻璃卸下来，换上一种全新的冰糖做的玻璃。

工作持续了好几个星期。老巫婆不得不每天站在

厨房里进行烤制。由于她孜孜不倦地工作，那个美丽的小屋终于完成了。

老巫婆很为她的小屋骄傲！每天傍晚，她都坐在门旁的凳子上，欣赏那五颜六色的墙壁，用她那日益枯竭的魔力不辞辛劳地继续施展魔法：把红色的糖霜变到一块块蛋糕上；把一颗颗果仁装饰到胡椒蜂蜜饼上；或者掸拭灰尘，把冰糖制的玻璃擦得闪闪发光。每个动物从这座小屋前经过时，都会惊讶地站住，然后说："这么美丽的房屋，我可从来没有见过。"这时候老巫婆的脸就会因为骄傲而发青。

有一天，老巫婆正站在烤炉前面，准备烤一个胡椒蜂蜜饼——屋顶的胡椒蜂蜜饼，头天夜里被风吹掉了一块。这时候，她觉得好像有人在外面啃她的美丽的小屋，并且还掰掉了一整块。她胆战心惊地大声问：

"咯吱，咯吱，咯吱，
谁在啃我的小房子？"

一个微弱的声音在外面回答：

“风儿，风儿，风儿，
他是神明的孩子！”

“那我就放心了。”老巫婆松了口气，“原来是风在外面胡闹。我还担心，有人要破坏我的房子呢。”

就在说这话的时候，她用了整整三个星期做成的美丽的窗玻璃被打碎了。一个小姑娘捡起一片吃掉了！老巫婆吃力地向门外走去，她想看看是谁在搞破坏。

房前站着两个孩子，一个小姑娘和一个小男孩。他们正在把屋顶上的瓦片揭下来吃，破坏墙壁，还把冰糖做的窗玻璃打得粉碎。

这时候，老巫婆变得又伤心又愤怒。

“你们是谁？”她问，“你们为什么破坏我可爱的房屋？我花了多长时间才造好它，你们知道吗？”

孩子们回答说，他们一个叫亨塞尔，一个叫格蕾特尔，因为饥饿才吃了她的房子。

“那你们为什么撒谎，说自己是风儿？”老妇人继续问，“你们本来可以敲敲门，问我要点儿吃的。我是不会把你们拒之门外的！”

这时候，两个孩子羞愧地低头看着地面。

尽管他们做了那么多对不起自己的事，但老巫婆还是说：“只管进来吧，待在我这儿，不会有什么事的！”她抓住两个孩子的手，领他们走进自己的小屋。然后，她端来好吃的食物，有牛奶、糖、苹果和果仁做的煎饼。饭后，她又在两张美丽的小床上铺了白色的床单，亨塞尔和格蕾特尔躺上去，感觉好像进入了天堂。

当两个孩子安静地入睡时，老巫婆看着他们，自言自语：“他们对我那么不好，撒谎，还破坏我的小屋。不过，他们也许还没有完全变坏。我要把他们留在这儿，给他们饭吃，让他们成为好孩子。”

第二天早晨，她派给两个孩子一份轻松的工作。然后和了一块面，她要把损坏的房屋修补好。可是，亨塞尔爱吃甜食，他觉得跟桌上的早点比起来，屋顶上的胡椒蜂蜜饼更好吃，就走出去，悄悄地爬到屋顶上吃了起来。

老巫婆发现他的行为，很不高兴。

“昨天撒谎又干坏事，我都没有惩罚你，还给你和你妹妹饭吃，给你们床铺睡觉！”她说，“你这个没有教养的孩子配我这样做吗？现在，你又在我的屋顶上做更可气的事！”

为了惩罚他，使他不再继续破坏她的房屋，老巫婆把他关进旁边的马厩里。

不过，他在这个“牢房”里过得很好，不用忍饥挨饿，老巫婆还经常在铁窗外问他：

“你吃饱了吗？你还有足够的吃的吗？把你的手

伸出来!”

亨塞尔得到了很多食物。但他很贪吃，为了得到更多食物，他想出了一个坏主意，欺骗眼神不太好的老巫婆。他伸出一根啃得干干净净的骨头，用令人怜悯的声音说：“我妹妹给我的食物太少，我瘦得就剩一把骨头了。”

老巫婆摸了摸那根骨头，说：“哎呀，他怎么瘦成这个样子了？格蕾特尔，他必须得到更多食物!”

可是，格蕾特尔是一个懒惰的姑娘，她嘟嘟囔囔地说：“我不会做饭。”

“那你一定会烤面包!”老巫婆大声说着就去点火生烤炉，准备专门给亨塞尔烤一个大面包。可是，她刚把炉火生着，正想伸头往里看一看火旺不旺时，最恶毒的格蕾特尔就从后面猛地一推，把老巫婆推进炉膛里，关上铁炉门，插上闩，那个可怜的老巫婆也许就这样被活活烧死了。

这个凶恶的小姑娘放了她的哥哥，亨塞尔走出惩罚他的“牢房”，然后，他们一起把巫婆的小屋翻了个底儿朝天。

他们在一个角落里发现了老巫婆的一个装满珍珠和宝石的箱子，那是她从大巫师父亲那儿继承的遗产。他们抢了那些财宝，装满了衣服上所有的口袋，飞快地跑出了树林。

“可是，你知道他们俩后来是怎么对别人说的吗？”狮子问那只狗。

“怎么讲的？”狗睁大了眼睛问。

“他们说老巫婆要吃掉他们！这两个凶恶的孩子！他们确实是这样讲的。”

“我不得不说，”狗回答说，“我听到的他们俩的故事可不是这么讲的。虽然故事情节相同，但听起来完全是另一个样子！”

“噢！”狮子应和说，“由此可见，人们总是宁可相信不真实的东西，也不愿相信真实的东西，而且心安理得地不断传播那些谎话连篇的故事！这个故事原本是我告诉你的那个样子，这是我从小巫婆那儿听来的，她亲口对我讲的。”

“如果这个故事是这样的，”狗思索了一下，“那我将很乐意听听大灰狼讲的《小红帽》！”

“可是，现在这儿没有大灰狼啊！”狮子说，“如果你讲下一个故事，也许更好些。”

狗把身子左边转向狮子，让他挑选一幅画。

狮子在自己公文包的最下面摸索了半天，终于摸出一副眼镜。他小心翼翼地环视了一下四周，看到附近除了狗之外没有其他动物，然后才把眼镜架到鼻梁上。

“也许我的视力真的没有以前那么好了。”他承认，“但我戴眼镜的样子不想被谁看见。这对百兽之王来说不大体面。”他很认真地审视着那些图画。

“可是，这儿就是有一只猫！”他得胜似的指着那个部位大声说。

“是的，不错。”狗回答说，“确切地说，这是一只公猫，他叫特劳高特。这之所以是个例外，是因为他当上了市长。他是作为一位市长而不是一只公猫被文在我这儿的。否则，我早就把这幅画覆盖掉了。所以，你必须说：这儿有一位市长！而不应该说：这儿就是有一只猫!”

“一只公猫，成了市长！这个故事一定很有意思。我想听，请讲讲这只公猫——这位市长的故事吧!”他发现狗皱紧了眉头，及时地更正了称谓。他把眼镜取下来，装进公文包，放到原来的地方。现在他不需要眼镜了，因为文身狗开讲了——

公猫特劳高特是怎样成为市长的

一只猫妈妈有两个猫儿子。一个儿子叫特劳高特，另一个叫拉夫。

特劳高特的皮毛是橘红色的，带有黑色的条纹；拉夫的皮毛是一色灰。特劳高特身体肥胖，行动迟缓；拉夫身子细长，动作敏捷。

肥猫特劳高特温柔亲切，整天躺在草地上晒太阳。在阳光下，他的皮毛像黄铜一样闪闪发光。他白天睡，夜里也睡，只要不是正好在吃饭，他就总是躺在某个地方休息。几乎可以说，他有点儿懒。

很少看到他的弟弟拉夫在睡觉。即使在夜里，他也跑来跑去，追赶老鼠。在他面前，没有一个鸟巢可以安然无恙，如果他不在追赶，那么他就一定是蹲在某个地方，用一把锉刀磨自己的爪子。

他们年幼的时候，老猫就对他们许诺：你们可以走自己的路，做自己觉得有趣的事情。

有一天，老猫认为，现在是该训练他们的时候了。

她说着就开始给两只猫上课：“你们都长大了。现在，你们必须学习一只真正的猫会做的事情了！”

拉夫学什么都很快。抓老鼠已经不需要教了，就连怎么侥幸地摆脱困境，他也一学就会。不久他还知道了，如果狗来了，怎么闪电般地爬到树上去。相反，特劳高特第一次尝试攀爬，就摔了个四仰八叉。而且，特劳高特永远也抓不住一只老鼠，因为所有的老鼠都比他跑得快。

母亲骂他干什么都那么笨拙。这时候，他会一转身，躺在大草地中央，受辱似的睡去。

从那天起，愤怒的母亲干什么都只和拉夫在一起。

“你很快就会看到，你这么懒惰下去的结局。”她对特劳高特说，“你应该向你的弟弟拉夫学习！”

拉夫很快就学会爬树、抓老鼠了，谁也比不过他，所有的鸟儿都怕他。左邻右舍都说："这小家伙将来肯定有出息！"

可是，特劳高特仍然一天又一天地躺在草地上睡觉。有时候会有一只老鼠或一只小鸟来到他附近，他最多睁开眼睛，看一看是谁在那儿，接着就又睡着了（为了不让他的眼睛累着，他总是交替使用自己的眼睛，这次睁开一只眼，下次睁开另一只眼，绝不连续两次睁开同一只眼）。

特劳高特是一只特别和蔼可亲的公猫！这个消息很快便在鸟群中传开了。几只勇敢的鸟儿，为了在自

己的女友面前表现一下自己的胆子有多大，他们甚至敢走到公猫特劳高特跟前。

他们发现，那只猫真的没有任何伤害他们的举动。远处的鸟儿都聚拢了过来。他们要让自己的孙子和重孙子们，从近处见识一只真正的活的公猫。

这种情况持续了一段时间，直到某一天早晨，猫妈妈把她的两个儿子叫到身边为止。

“我认为，你们现在足够大了，可以自食其力了。”她说，“你们都已成年，我不能为你们操心一辈子。是时候了！进城找个居民小区，充当捕鼠者吧。”

说完，她就送他们兄弟俩出发了。

拉夫又匆忙地磨了一次他的爪子，捋了捋胡子，在第一个拐角处消失了。

特劳高特没那么着急。他不慌不忙地向前走去，累了就歇一会儿，不久他就累得倒在了一片草地上，他要先睡一觉再说。

附近城市的两条狗，偶然经过这片草地。他们发现一只正在睡觉的猫，便汪汪地狂吠着向猫跑去。

特劳高特睁开一只眼（正好轮到右眼），懒洋洋地向两条狗投去一瞥，又继续睡了。狗见状放慢了脚步，终于目瞪口呆地站住了。所有的猫在狗狂吠着向他们跑去的时候，都会逃之夭夭，理应如此。狗们对这种情况也早就习以为常，可现在他们却不知道如何是好了。他们又试探着对那只猫汪汪叫了几声，不过声音已经低了一些。当那只猫再一次睁开一只眼睛（这次轮到左眼）并且不高兴地看着那两个捣乱者时，他们俩惊恐地安静下来，十分缓慢、轻手轻脚地退到一个树丛后面商量对策去了。

“这可真是一只奇怪的猫哇。”一条狗小声说，“他不但不跑，还一动不动地待着！”

“也许他根本就不是真的猫。”另一条狗小声说，“他那么高大，肯定是一只猞猁或者类似的动物！”

“肯定。”第一条狗附和说，“如果我的判断正确，那么他甚至比一只猞猁还大些。他可能是一只老虎！”

“一只老虎？”另一条狗声音有些发抖地问。

“完全可以肯定。他是一只老虎！”

他们决定赶快回城，向学识渊博的狗教授请教。

狗教授听完他们的讲述，拿过一本大厚书，翻了很长时间。最后，他大声地读道：

“老虎——老虎是一种大型猫科动物。”

“确实！”两条狗大声说，“那是一只大猫！”（他们并没有撒谎，特劳高特真的很胖。）

“老虎背上有条纹。”教授继续读。

“没错。”两条狗大声说，“背上有条纹！”

“老虎是所有动物中最强壮、最危险的动物。”

“这也对！”两条狗齐声说，“他那么强大，连狗都不怕！”

这时候，教授合上书，透过镜片严肃地看着他们：“故可判定，其与前面所言之物种属同类生物乃确凿无疑。”

两条狗吃惊而又疑惑地看着他。这时候教授才发现，他们连一个词儿也没听懂。于是，教授把自己那句文绉绉的话，翻译成了简单通俗的语言：“也就是说，那真的是一只老虎！”

城门外有一只老虎的消息不胫而走，很快就传得满城风雨。一只老虎躺在城门口的事情很少发生，所以全体市民都很激动，他们在商量该怎么办。

“老虎可是一个地位很高的动物。”大家议论纷纷，“如果他进城来，我们必须用很高的规格接待。”

他们问狗教授，应该怎样接待老虎。教授翻遍了他所有的工具书，也没有找到任何有关的内容。他琢磨了好一会儿，然后说："最好由市长亲自去草地上表示问候，然后引领他进城！"

大家欢呼起来，因为这是一个绝妙的主意。可惜，他们的欢呼声并没有持续多久，因为下面这条消息很快得到证实：这座城市没有市长——今年大家忘了选举市长。

狗教授不得不又思考了很久。他的前额因为思考出现了深深的皱纹。过了老半天，他终于说：

"我们最好去问那只老虎，问问他是否愿意留在我们的城市，是否愿意当我们的市长！"

于是，市参议员们戴上黑色的大礼帽，一起出城来到那片草地上，一个班的小学生唱起："美丽的森林，谁把你建造……"（这是《猎人的告别》那首歌的第一句，他们在学校里刚刚学会的。）

然后，一位市参议员走到特劳高特面前，脱帽致意并问他是否愿意当他们的市长。

猫被歌声唤醒，右眼微微睁开了一条缝儿，他发现面前有一群孩子在唱歌。

这时候，他好像着实被感动了，发出了一声所有的猫被感动时都会发出的声音——“喵呜”。

可是，他实在太累了，还没有把这个词儿充分地表达出来，就又睡着了，所以他只说了一半：

“喵……”

市参议员们听见这个声音，都高兴得互相拥抱起来，把大礼帽抛向天空，又接住。他们大声喊：“他说了‘妙’！他说了‘妙’！我们的市长万岁！”

不一会儿，他们在欢呼声中，把猫抬进一顶轿子，排成队，前呼后拥地抬着他进了城。

当这一切发生的时候，他的弟弟拉夫却在漫游的途中。由于性情急躁，他走错了路，在一条从城市周边经过的路上绕来绕去，绕了很长时间，因为他不相信自己迷了路。最后，他愤怒了，也不休息，就匆匆忙忙地从原路返回了。

当他来到城外的一大片草地上时，意外地碰到两条狂吠不停的狗。一条大些，一条小些，他们狂吠着向他扑了过来。

拉夫立刻向最近的一棵树跑去，像他已经学会的那样，刺溜一下子就敏捷地爬到了树上。两条狗狂吠着追了过来，在那棵树底下站住，然后坐了下来。要不是他们后来饿了或者因为无聊而自动离开了，拉夫可能得一直待在那棵树上。

然而，此时此刻的市政厅里，一个软绵绵带流苏的红色天鹅绒枕头上，特劳高特正躺在上面呼呼酣睡。

他偶尔也睁开一只眼睛，微笑一下，用不大不小的声音说一声：“喵……”

也许没说完，就又睡着了。

文身狗结束了他的故事。

狮子说:“我喜欢这个故事。不过依我看，那个教授很愚蠢!”

“你的意思是他把猫和老虎混为一谈了，对吗?”狗问。

“不，这种情况经常发生。”狮子回答。

“那为什么呢?”狗问。

“你听他大声读的，说老虎是最强壮、最危险的动物。”狮子感到受伤似的说。

“那也许是一个印刷错误。”狗安慰他说。

“如果是这个原因，”狮子感到轻松了一些，“那我就更喜欢这个故事了。不过，尽管如此，我还是想再听一个有关猴子施莱维安或者猴子库库克的故事。我最喜欢他们俩。”

“那得你自己挑选。”文身狗回答，并摇动了一下右边的耳朵。

狮子观察了一下那只耳朵说:“没戴眼镜，我就能看见那儿有一只青蛙！”

“完全正确，是有一只青蛙！”狗说，“因为他在故事里同样也是青蛙。”

“猴子施莱维安和猴子库库克真的也都在场吗？”狮子不相信地问。

“你马上就能听到。”狗说完就开始讲起来，“有一天，猴子库库克……”

“……和猴子施莱维安……”狮子高兴地补充道。

“……发现了一块巧克力。”

“在什么地方？”狮子兴趣盎然地打断了他的话。

“在地上。”狗说，“如果我的话再被打断一次，那就让另一个人把这个故事讲完！”

“谁呀？”狮子正想再问，突然及时地明白过来，就没再用最后的问题打断他。

猴子库库克和猴子施莱维安是怎样举行了一场诗人赛诗会的

有一天，猴子施莱维安和猴子库库克发现了一块巧克力。怎么分呢？两只猴子为此争吵了起来。

“这块巧克力是我捡起来的，所以它属于我。”猴子库库克说，接着他又宽宏大量地补充了一句，“不过你可以分到一小半儿。”

“这块巧克力属于我，因为是我先看见它的。”猴子施莱维安说，然后又补充说，“当然你可以分到一小半儿。”

“如果谁先看见就属于谁，”猴子库库克反驳说，“那我还曾经先看到一架飞机呢。记得吗？那架飞机从我们的原始森林上空飞过，我比你先看见！可是，我得到一架飞机了吗？”

“没有。”猴子施莱维安不得不承认。

“这就是说，这块巧克力不属于首先看见它的那个人，而属于捡起它的那个人！”

“可是，如果我没有指出这儿有一块巧克力，你就已经走过去了，也不会去捡起它！”猴子施莱维安反驳说。

显然他们都使对方明白了，双方都在思考怎么破解这个难题。终于，其中一个慢腾腾地说：“假若我们精确地把它从中间分开，那都能分到一半了！”

然而，另一个不同意这个想法。他认为：“巧克力的味道，只有吃一半以上，才能真正地品出好坏来！宁可不吃也比吃一半好！”

这样一来，他们只好沉默，继续思考。

一只青蛙从水里爬出来，想在太阳底下晒他的泳衣。他看见了猴子。

“你们为什么像木猴似的坐在那里，凝视着空中的窟窿呢？”青蛙十分惊异地问。他记得他们本来不是这个样子的。

“嘘，嘘！”猴子施莱维安摆摆手，用食指点了点前额，意思是他在思考，不可打扰；库库克也发出同样的声音，把食指放在嘴唇上，意思也是：“安静，我在思考呢！”

可是，青蛙好像既不懂这个的意思，也不懂那个的意思，只是更惊奇地看着他们。于是，两只猴子就向他解释了他们思考的问题。

“解决这个问题太容易了。”青蛙说，“你们必须进行一场比赛，奖品就是这块巧克力。”

“好。”猴子库库克大声说，“那我们比掷皮球！”因为他能把球掷出六点二七米远，对于一只猴子来说，这个距离已经很远了。

“好。”猴子施莱维安也大声说，“我们比跳高！”因为他曾经是学校里的跳高冠军。

“这儿什么也没有！”青蛙大声说，“我们比赛作诗。谁的诗作得最好，谁得奖！”

“谁来裁判呢？”

“当然由我来裁判。”青蛙一边说，一边把他的泳衣拧成麻花状，把水挤出来。然后他做出决定，指了指猴子库库克说："你先开始！"

猴子们紧张地思考起来，用手指堵住耳朵，闭紧嘴巴和眼睛——这是猴子们思考时的状态。

他们思考的时候，青蛙先围着巧克力转了一圈，闻了闻，然后稍微舔了一下，偷偷地掰下一小块儿，送进他的大嘴里。他这样重复了多次，直到猴子库库克把手指从耳朵里拿出来说："我准备好了，可以开始了！"

他们推了一下猴子施莱维安（因为他还在思考，没有听见），他也把手指从耳朵里拿出来，摆出一副充满期待的样子。

猴子库库克站到石头上，让大家可以更好地看见他。他开始朗诵：

"乌鸦有一种特殊的天赋，
这一点完全不用怀疑！"

"好，好！"猴子施莱维安热情地高喊，完全忘记了对方是自己的对手。

“就这些？”青蛙问。

“是的，就这些。”猴子库库克骄傲地说，同时从石头上跳下来。

“现在轮到我了！”猴子施莱维安大声说着，跳到石头上朗诵了起来：

“每只猴子心里，
都有自己的痛苦。”

猴子库库克正要叫好，青蛙打断了他，在这期间他顶多才吃掉那块巧克力的四分之一。

“这算什么！”他训斥说，“你们的诗太简单，只有两行！我要提出新的规定。每一首诗至少要比现在的长一倍，此外，诗里必须出现狮子和海鸥，不能总是那傻了吧唧的乌鸦和猴子。现在继续思考！”

两只猴子继续思考去了，青蛙则继续品尝着巧克力。

这一次，思考的时间长了一些。猴子库库克从耳朵里拿出手指，把猴子施莱维安推到旁边，站到石头上开始朗诵起来：

“库库克不能，
海鸥也不能，
像狮子那样大吼。
但百兽之王，
也不懂飞行。”

“好极了，好极了！”青蛙一边大声喊着，一边偷偷地将一块巧克力塞进嘴里，“现在轮到另一个了。”

“现在轮到我了。”猴子施莱维安开始朗诵了：

“施莱维安不能，
海鸥也不能，
像狮子那样大吼。
但百兽之王
也不懂飞行。”

“好极了，好极了！”青蛙大声喊着，又把一块巧克力塞进嘴里，“可是，我怎么觉得第二首诗有些熟悉！难道是我听错了吗？”

“我是第一次听到！”猴子库库克说。

“我也是！”猴子施莱维安也很肯定。

“那就是我自己糊涂了。”青蛙说。

“那谁是胜利者呢？”他们俩异口同声地问。

青蛙昂起头望着天空，闭上眼睛，纹丝不动地坐在那儿，好像在思考。实际上他是在把口中的巧克力往下咽。终于他又睁开了眼睛，对充满期待的猴子们说：“谁也没有获胜，双方的诗都很好。比赛必须再进行一次。这一次是谁的诗里出现的数字最多，谁就是胜利者。”

“数字？”两只猴子惊异地问。

“对，数字。一、二，或者三，或者四……”

“或者五……”猴子施莱维安补充说。

“或者六……”猴子库库克说着，还点点头表示理解。

“或者七，或者八……”青蛙继续说。

“够了！”两位诗人一齐大声说，“我们懂了！”

“这一次你先开始！”青蛙说着指了指猴子施莱维安。

两只猴子又摆出思考的架势。青蛙继续品尝着巧克力。

这一次他可以慢慢享受了，因为猴子施莱维安想了很久才登上那块石头，开始朗诵他的诗句：

“三轮摩托四缸车，
比赛定在十二月。
赛场光滑很危险，
十分小心莫忘却！”

“好极了，好极了！”青蛙大声喊着。他偷偷地将一块巧克力塞进嘴里，一边尽情地品尝，一边赞叹说：“好诗，一首很独特的好诗！”

“等一等，这只是第一节，现在还有第二节呢。”猴子施莱维安说。

这时候他看了看青蛙，吃惊地问：“怎么回事？才一刻钟的工夫，你怎么明显地胖起来了呢？”

“我也不知道。”青蛙回答，“也许是你的诗让我情绪高涨。”

“这很有可能。”猴子施莱维安讨好地表示认同，并开始朗诵第二节：

“睡鼠也叫七睡仙①，
这种比赛他不喜欢。
赛车无聊又危险，
要滚多远滚多远。”

---

① 德文 Siebenschläfer（睡鼠）又指“七睡仙节”，在每年的6月27日，传说这一天的天气决定此后七个星期的天气。

“真的好极了！”青蛙肯定地说，“有那么多数字！”

“数字很多吗？”猴子库库克问，“现在你们必须先听听我的诗再来裁判——

在一条单行道上，
住着两个
‘泡里刺外’（Poli-zwei①）……”

“这个词儿不算！”猴子施莱维安打断了他的朗诵，“发音错误，那叫‘泡里菜’（Polizei），意思是‘警察局’，不叫‘泡里刺外’（Poli-zwei）！”

“当然，你说得对！”猴子库库克回答，“说到底，警察也不等于警察局。”

“说得对！”青蛙呱呱地说，“继续！”

猴子库库克再次从头开始：

“在一条单行道上，

---

① 故意把 Polizei 读成 Poli-zwei，使后面出现 zwei（数字 2）。

住着两个
‘泡里刺外’（Poli-zwei）。
他们用鼻子巡视，
天天如此，没有例外。”

“他们怎么能用鼻子巡视？”猴子施莱维安愤怒地大声说，“不过——我认为，他们可以用鼻子闻！”

“也许因为是‘泡里菜’（警察局），”猴子库库克自负地回答，“不是‘泡里刺外’！”

“这就对了。”青蛙说，“不过，如果我可以提醒你一下的话，那就是你诗里的数字出现得并不多。”

“数字全在第二节里。”猴子库库克反驳说，“我想让你们慢慢适应地听数字，它不应该出现得太突然！”

“你说得对，”青蛙承认，“不该没有节制！”说完就把最后的四小块巧克力一下子全部塞进嘴里。

“接下来是第二节！”猴子库库克宣布，但他没有察觉这儿发生的一切。

“第一节之后当然是第二节！”猴子施莱维安咕哝着，“谁听说过，第一节之后是第三节？”

“一枚三芬尼古银币的五分之四，
可以买一块巧克力……”

刚朗诵到这个地方，猴子库库克突然停住了，而猴子施莱维安在听到“巧克力”这个词儿时也一激灵。他们四目相对，异口同声地大声喊：“对呀，巧克力！我们的巧克力哪儿去了？”

现在，青蛙已经把嘴里的东西全部咽了下去。

青蛙咽得那么匆忙，以至于眼泪都要从他那眼球突出的眼眶里涌出来了，他呱呱地大笑着，指着自己的大肚皮高声说："在这儿呢！"话音未落，他就猛地一蹿，扑通一声跳进水里，消失在了池塘的最深处。

这时候，两只上了当受了骗的猴子除了在岸上使劲地辱骂那个胖青蛙之外，束手无策。是啊，还有什么能使他们快乐起来呢?!

整个下午加半个晚上，他们都在不停地寻找，想再找到那样一块巧克力。当然，他们没有找到。最后，为了互相安慰，两只猴子打算去马戏团——他们有位叫"可可"的叔叔在那儿工作——偷个椰子当足球踢。

"这个故事同样使我感到非常开心！"故事结束时狮子说，"首先，因为猴子施莱维安和猴子库库克都出现了。此外，有一首诗写得很美！"

"我能猜到你指的是哪一首诗。"

"我喜欢的那首，其中有一句是'像狮子那样大吼'——我们狮子是最优秀的吼叫者。"

狮子太高兴了，他不由自主地昂起头，发出一声吼叫，吓得两千米外一只蹲在树上的极乐鸟翅膀都没来得及张开就掉了下来。狮子环顾四周，想得到喝彩。“吼得很有分寸！”狗承认，同时点点头表示赞许。

这一声大吼也确实产生了意想不到的效果：动物们听到他们国王洪亮的吼声，以为国王在召唤他们，全都毫不迟疑地匆忙赶来，聚集在狮子和狗所在的这块林中空地上。

最先到达的是六只白鼬，接踵而至的是三只狐狸、三只小猴子、两只麋鹿，稍后到来的是一只熊、一头象、一头河马和一只沙漠甲虫。不久，所有的动物都赶到了，最后到达的是一只蜗牛和一只右脚瘸了的跛脚鸭。

小小的林中空地几乎被来访者挤得水泄不通。他们挨得那么近，小动物们害怕被大动物不小心踩死。

狮子现在很尴尬，因为他根本没有想要他们来的意思。但他也很骄傲，这样一来可以让文身狗看看全体动物是怎样听从他的召唤的。

狮子用雷鸣般的声音说：“安静！”喧闹声立刻止息，所有动物都洗耳恭听。

“我叫你们来，是因为我想给你们介绍一位客人，一条文身狗，他偶然来到我们的原始森林！”全体动物的目光一齐转向文身狗，狗也很得体地鞠了一躬。

“现在，”狮子继续说，“你们全都看清楚了他之后，就哪儿来的回哪儿去吧。再见！”

“可是，我根本就没看见他！”沙漠甲虫说。他很小，而且站在最后面。

大象把他举起来，好让他也能看清楚文身狗。然后，全体动物同时向后转，走进森林。那块林中空地又像先前一样安静下来了。

狮子说：“现在又只剩下我们俩，可以继续讲我们的故事了。”狗点头同意。

兽中之王在确定其他动物通通消失之后，又从公文包里掏出眼镜，架到鼻梁上。

“在这么多图画之间选择很困难哪！”他叹息说，“这幅画看起来很有意思，不过，这个故事可能很短！”

“为什么？”狗问。

“因为这儿画的是一只老鼠。老鼠是一种小动物，所以，他的故事也一定很短！”

“不，完全相反。”狗笑着说，“小动物的故事也可能很长。”

“我认为，老鼠不但不小，而且很大！”突然，有一个声音在他们附近吱吱地响着。

狮子一惊，赶忙取下眼镜，把它藏到身后，徒劳地搜寻刚才的插话者。狮子重新戴上眼镜以后才认出他：原来是那只沙漠甲虫。他没走，而是偷偷地留了下来，在这期间他就坐在他们身旁。

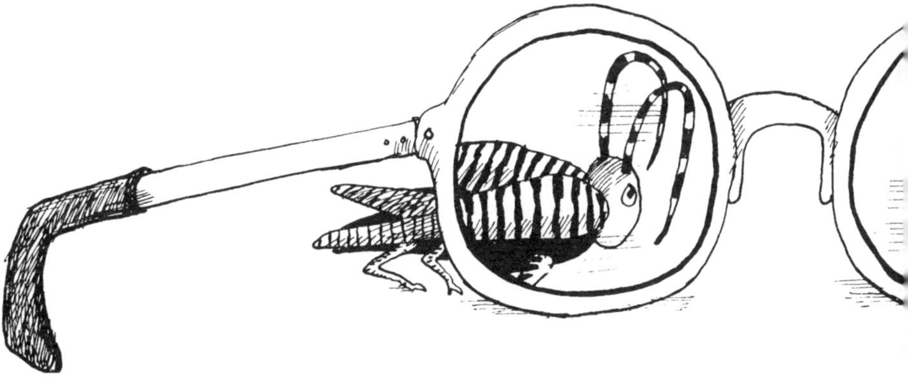

“对你这个小侏儒来说，老鼠当然是一个巨人！”狮子大笑起来，发出响亮的回声。沙漠甲虫感到自己受了侮辱，向上伸展了一毫米，踮起脚尖走开了。

“他说的也没错。”当沙漠甲虫直挺挺地走开时，狮子心里想，“对猴子来说，大象是庞然大物，老鼠微不足道。对老鼠来说，猴子很高大，甲虫很微小。最后，对甲虫来说，老鼠就是庞然大物，而跳蚤也许微不足道。肯定还有一种小动物，认为跳蚤很巨大。”

“有的东西我觉得美，另一些人却觉得丑。”狗进一步阐述说。

“你说得对。”狮子附和着说，“我的一个朋友母牛格劳丽娅也这么认为！”

“母牛格劳丽娅的情况现在到底怎么样了？”狗感兴趣地问，“讲讲她的故事吧！”

“她的故事不太长，但有个优点，那就是真实。”

“你这是想说，我讲的故事都不真实吗？”狗问，他也感到自己受了侮辱。

“不，不是！”狮子赶忙说，“您的故事像我现在要讲的故事一样都不是虚构的。这个故事讲的是母牛格劳丽娅的真事。”

“这你已经说过了！”狗插了一句。

可是，狮子并未因此而心有不安。他开始讲了起来——

母牛格劳丽娅的故事

母牛格劳丽娅从小就比别的小母牛胖。随着年龄的增长，她变得更胖了。她的嘴唇肉嘟嘟的，鼻子宽宽的，脑袋硕大，像个南瓜，其实应该说比南瓜还大。此外，她的腿很强壮，肚子也很大，身上的毛又粗又硬，像刷子一样，蹄子也很笨重。

由于买不到她那么大号的衣服，她不得不什么都自己缝制。她的审美很一般，手脚也不够灵活。因此，她穿着亲手缝制的衣服，看起来比她实际的样子还要臃肿。

她走路的样子笨得像一头双峰骆驼，说话像人们对着一只接雨水的空桶吼叫。

这头母牛想的不是谦虚谨慎，而是像所有的母牛想的那样，成为一头好奶牛。不，她有些虚荣，想成为某种更高级的动物！

一种爱开玩笑的动物——我估计是狐狸——曾经对她说，她有一副好嗓子，应该被培养成歌唱家。她的父亲很富有，她要什么就给她买什么。她去学了音乐，学成之后就举办了一场音乐会。

所有的母牛都来听格劳丽娅唱歌。她首先唱了一首《路边的小紫罗兰》，这首歌也立刻成了她在音乐会上的最后一首。因为她说话的声音像对着空桶发出吼叫的回声，而她的歌声听起来就像两头大象用鼻子敲打铸铁的茶壶，同时夹杂着一种锯薄铁皮似的刺耳噪声。

听众都捂住耳朵，吹起口哨，跺着脚，发出尖叫，不想听她那可怕的歌声，立刻成群结队地从举办音乐会的草地上跑走了。

母牛格劳丽娅停止了演唱，开始哭泣。

所有的母牛都以为，从此以后，她会成为一头可爱的奶牛了！可是，她没有成为奶牛——她去学了舞蹈，想成为舞蹈家！

格劳丽娅第一次在别的母牛面前表演舞蹈时，来看她跳舞的观众比上一次她举办音乐会时还要多。

她穿着舞蹈短裙登上舞台，短裙那么肥大，足足可以用来缝制七张台布。她踉踉跄跄地刚开始跳第一个舞步，就被自己的蹄子绊倒了。

观众们大笑起来，但格劳丽娅并不慌张，还纵身来了一个跳跃舞步。舞台的木板破裂了，因为她太重了，两条后腿全陷了进去，摔了个大“牛”趴。

观众又大笑起来，五头强壮的公牛冲过去，一起把她抬了上来，不一会儿，她又继续跳了起来。

当然，现在她只能在舞台边缘跳了。忽然，她失去平衡，直接跌入乐池里为她伴奏的音乐家当中。

当她费了老大牛劲儿重新站起来时，发现低音提琴被压碎了，小号被压扁了，鼓皮破裂了，手风琴裂成两半，而指挥因为惊吓把指挥棒吞入了腹中。

可以想象，当这位舞蹈者跑进后台时，观众们是怎样地开怀大笑。

后来，母牛格劳丽娅因为羞愧而移居河马国，跟河马生活在一起了。她在那儿，在那些笨拙的动物中表演跳舞并唱她的歌。

第二天，人们在《河马日报》上读到一则消息：

"女艺术家格劳丽娅，一位温柔而又弱不禁风的牛小姐，昨天晚上开了一场音乐会并跳了舞。这里的动物们还从来没有机会欣赏这样纯净、明亮而又动听的歌声。此外，她还跳了舞。更确切地说，这位女艺术家像一个精灵那样在舞台上翩翩起舞，而大厅里所有的河马姑娘都为她那轻盈的舞姿着迷。希望女艺术家格劳丽娅，能够经常在我们的河马之国跳舞、唱歌。"

"这就是母牛格劳丽娅的故事。"狮子讲完后又补充了一句，"现在轮到你了！你来讲讲那只老鼠的故事吧。猴子施莱维安和猴子库库克也会出现在这个故事里吗?"

"猴子库库克不在故事里，但猴子施莱维安在!"狗回答说。他开始讲了——

猴子施莱维安是怎样
捉弄老鼠“快点儿-快点儿”的
和老鼠是怎样报复他的

猴子施莱维安和猴子库库克居住的这棵树，就算不是整座原始森林中最大的一棵，也算是最大的之一。

无论如何，这棵树根系发达，树干粗壮，树枝伸得很长很长。高大的树上，最上面居住的是小鸟。下面一层居住着稍大一些的动物，其中有五个孩子的松鼠之家——这一家总是叽叽喳喳、吵吵闹闹的。然后才是猴子施莱维安和库库克居住的最漂亮的那一层。这棵树真正的树干租给了一只啄木鸟和一只老猫头鹰寡妇。猫头鹰把她的树杈弄得很舒适，但她完全无法忍受啄木鸟，几乎天天嚷嚷着明天就搬走。树根下面有一个老鼠洞。

洞里住着的老鼠名叫“快点儿-快点儿”。她的身子又瘦又长，来去神速，身上的毛很短。她的职业是一所老鼠女子中学的体育教师。她本来的名字叫亨利艾特·毛斯尼克，但是，因为她有一个习惯，总是催促班上的学生——有时候（因为疏忽）也催促自己的同事，一边拍手一边大声喊：“姑娘们，快点儿，快点儿！”于是没过多久，所有的人都叫她老鼠“快点儿-快点儿”了。

每天早晨六点三刻，她就离开家去学校上班，下午四点一刻下班回来。星期六，她一边打扫卫生，一边唱歌；星期天，她会和一位同事一起到林边散步，看日落。

猴子施莱维安在树枝上一坐就是几个小时，一边吃香蕉，一边观察周围情况，他熟悉所有动物的生活习性。所以，他突发奇想，要和他们玩一场恶作剧。这会令人感到惊异吗？

一天晚上，老鼠已经上床睡觉，猴子施莱维安从树上爬下来，把一个很大的椰子放在老鼠洞洞口。

老鼠“快点儿-快点儿”醒来的时候，发现屋里仍然十分黑暗。

“半夜三更就醒了，这还是第一次。”老鼠说，她自己也感到奇怪，“也许我梦见了前年 4 月 11 日至 12 日的夜晚。”她说完这句话，翻了翻身，改成侧卧姿势，不一会儿又睡着了。没过多久，她又醒了。屋里仍然像之前那样漆黑一片。

“半夜里醒了两次，这可是头一回。”老鼠再次惊异地确认。

直到第三次醒来，她看看屋里还那么黑，就没在床上赖下去。

“快点儿，快点儿，起床！”她命令自己，“如果睡不着，那就说明不累。如果不累，那就必须运动，这样才会疲倦。去森林里跑一圈没有害处！”

她跳下床，伸伸胳膊，跑出洞穴。这里说的是她想跑出洞穴！因为她的脑袋撞到一个硬邦邦的障碍物，使她仰面躺在地上了。

洞口被一道坚固的墙封住了，老鼠怎么推也推不动。除了在旧洞口旁边再挖一个新洞口之外，没有别的办法出去了。

外面，中午的阳光照得她睁不开眼。稍后，她看见一个硕大的椰子封住了原来的出口，那么严实，一点儿光线也透不进屋里去。

“天下竟然有这么巧的事！这个硬邦邦的果实偏偏掉落在我的门口！”老鼠气呼呼地说，然后撒腿就跑。这是她去学校上班以来第一次迟到。

第二天早晨，当老鼠醒来的时候，她的屋里仍然一片漆黑。

“好，那我还能再睡一会儿！”她说着，翻了个身。

她稍后再次醒来，看见屋里仍然那么黑，就走到门口，想呼吸一点儿新鲜空气（一种抵制困倦的好办法）。就是说，她想到门口去！因为还有点儿迷糊，她仍旧向被椰子堵住的旧洞口走去，脑袋撞了上去，又摔了个仰八叉。

“你这个笨蛋！”老鼠骂自己，然后站起来向新洞口走去。在那儿她又撞上一个硬邦邦的东西，再次摔了个仰八叉。

这个出口也被一堵坚硬的墙封死了，想要走出去，老鼠不得不在旁边挖第三个洞口。在明亮的阳光里，她看见，第二个洞口同样被一个椰子堵住了。

“这可真是个愚蠢的巧合！”老鼠比头一天更生气了，“现在果然又有一个椰子掉落在我的第二个门口！”去学校上班，她又迟到了。

“前天和昨天上班我都迟到了，所以今天我要立刻起床，去看日出。”她对自己说，“要是我继续躺下去，可能会第三次睡过头！”

她下了床，做了两个屈膝动作，打了个哈欠，睡眼蒙胧地沿着习以为常的路走向门口，撞到椰子上，清醒了一些，嘴里咕哝着说：“原来如此，我曾经挖了第二个洞口。”她摸索着向第二个门走去，结果脑袋又撞在第二个椰子上，这下子她完全醒了。

“我真笨！”她大声说，“现在我完全忘记了，我的房屋已经有了第三个门！现在可得快点儿快点儿了，不然我要错过看日出了！”

她从第三个门冲了出去。也就是说，她想冲出去！可她的脑袋又撞上某个硬邦邦的东西，又一次摔了个仰八叉。

她终于挖好了第四个出口。在旭日的光芒中，她看见了自己已经预想到的东西：第三个洞口也放着一个硕大的椰子。老鼠“快点儿-快点儿”第三次迟到了。

“现在我急切地想知道，明天早上会不会还是这样。”晚上，老鼠钻进被窝时说。她想，再次睁开眼睛时，屋里会不会真的还跟前三天一样黑呢？

“现在，我得好好想一想，这样一来我就不会走向错误的出口，也不会再摔得四仰八叉了。”隔天早上，老鼠说着就从床上跳了下来，结果被椅子绊了一跤，肚子着地，摔了个大“鼠”趴。

她爬起来，向前伸出一条胳膊，小心翼翼地摸索着朝正确的门走去，前爪撞上一个坚硬的物体。

“我房屋四周的墙壁，很快就会被挖得像瑞士奶酪那样，窟窿连着窟窿了！”老鼠抱怨着。为了出去，她不得不在第四个出口旁再挖第五个洞口。

到了外面，她看见第四个椰子堵住了第四个出口。她想，作为一名教师来说，自己算是相当聪明的了，她若有所思地摇着头。最后，她在撒腿奔向学校之前说：“真是不可思议，不可思议！”她一刻不停地一路狂奔，刚好准时到校。

下午四点一刻，她像往常一样下班回家。不过，今天她没有一直待在屋里，等到黄昏时分，她就蹑手蹑脚地出了门，藏在新门旁边的一块石头后面。

她蹲在那儿，没过多久，猴子施莱维安就抱着一个椰子从树上下来了。他在老鼠的新洞口前面站住，弯下腰把椰子轻轻地放在新洞口上。这时候，他的肚子因为憋住笑而不住颤抖着。

此时此刻，老鼠“快点儿-快点儿”怒火中烧，忘记了自己比猴子小得多，她一下子跳到自己隐蔽的石头上，眼睛里闪耀着愤怒的光。

她对着猴子大声喊：“你这个无赖！你这个无耻的家伙！我应该立刻给你一个大耳光！这么放肆！这么下流！你得马上把所有的椰子都给我搬开。你这个调皮捣蛋的泼猴！你这个粗野无礼的坏蛋！”

“我……一个什么？大耳朵？我的耳朵压根儿就不大！”猴子施莱维安有点儿委屈地说，“开个小小的玩笑总是可以的吧？”

“你说这是一个小小的玩笑?!”老鼠万分惊讶地大声说，“等着吧，我会报仇雪恨的！我要对您实施报复，尊敬的猴先生！”

“您究竟想怎么报复呢？”猴子施莱维安狂妄地反问，还大笑着说，“您想啃我的大脚指头吗？”

“我会想出办法来的，你赶快给我走开！”

“不过您还是小心为妙，别因为绞尽脑汁而弄得自己头疼欲裂！”猴子施莱维安若无其事地说。他把椰子收回，爬到树上不见了。

猴子施莱维安虽然不那么相信老鼠的威胁，但他还是没有掉以轻心。第二天，他走路变慢了，一边走一边东张西望——他还是担心老鼠可能会突然出现在某一块石头后面，在他的脚上掐一下，然后就迅速地钻进自己的洞穴里。坐在地上的时候，他也会常常环顾四周，这样老鼠就不会神不知鬼不觉地溜到他身后，拧他的屁股了。

然而，老鼠的报复显然不是以上这些方式。她像往常一样，早上六点三刻去学校上班，下午下班回家，剩下的时间都在自己的屋子里度过。

所以，在此后的几天里，猴子又感到无聊了。他坐在树枝上，琢磨自己还能干点儿什么。

正想着，他看到一头犀牛从树底下经过。

犀牛布尔波先生又肥又壮，正如他们与生俱来的那样，既虚荣又爱时髦，总是把自己打扮得很入时。他那笨重的脚上穿的是闪闪发光的皮鞋，擦得锃亮，简直可以当镜子用。他的裤子紧绷绷的，使他弯不下腰，他的上衣是用白丝绸料子做的，而且是按照最新的款式裁剪的。人们可能以为，那式样一定直接来自时装杂志。此外，他还戴着一顶硬邦邦的、高耸的、绿色的毡礼帽，帽子上装饰着一条黄丝带，鼻子上的独角还包着金饰。

当他溜溜达达正好从猴子施莱维安坐着的树下经过，并用他那好听的声音唱着最近的流行歌曲时，猴子扔下一颗椰子，不偏不倚，正好砸在犀牛头上那高高挺立的绿帽子上。

礼帽滑落到眼睛上，犀牛眼前一黑，站住了。

他好不容易才成功地把破帽子推回到原来的位置，抬起头向上望去。他看见了稳坐在树枝上的猴子施莱维安放肆地冷笑着的面孔。

犀牛威胁他，猴子却大笑起来："我听不懂您说的什么！请您爬到树上来吧，那样我们就能好好谈一谈了。"

这话使犀牛变得疯狂起来。他正要破口大骂，猴子已经冷静而又准确地把第二个椰子砸到他的礼帽上了。礼帽再次滑下去盖住了他的眼睛，帽子也不再笔挺了。他费力地把帽子扯开。这时候，气愤的犀牛已不想再和猴子废话了，他弯腰抱住那棵树的树干，打算把那个坏蛋从树上摇落下来。可是猴子没掉下来，犀牛的裤子却从屁股那儿绷开了。

猴子得意扬扬地看着那棵纹丝不动的大树，不假思索地扔下第三个椰子。不得不承认他是一个灵活的投手，第三个椰子也很准确地击中了犀牛的帽子，帽子再次盖住了他的脸。

犀牛的愤怒已达到极限。他先来了一个长长的助跑，接着用他独一无二的角猛地撞向树干，一次又一次，他想通过撞击树干使猴子掉下来。但是，树干太粗了，猴子依然稳稳地坐在上面。

犀牛终于放弃这场战斗撤退了。他的角被撞弯了，鼻子蹭破了，裤子裂开了，笔挺的帽子完全变了形，美丽的黄丝带也断了。接着，猴子施莱维安又找到了一个新的驱赶无聊的游戏！

下一个游戏是他跟大象但丁一起玩的。

但丁是一位神秘的地理顾问，虽然又矮又胖，但却是科学领域的一位行家里手！他总是穿着背带裤、及膝毛线长袜和低帮防雨鞋。

他每天都在研究这座原始森林，绘制每一个区域的地图，撰写厚厚的关于林中居民的著作。

他自封的头衔是“神秘的地理顾问”，因为他确定了猴子吃香蕉是从上面一端开始，所以也把这写进了书里。

只有很少的时候他会在家里无所事事地待上一整天。如果他妻子想为他做饭，他会鄙夷不屑地说：“地理学家是露天吃饭的。”他会坐在门外的草地上，在明火上烤一根香肠。

大象但丁从猴子施莱维安居住的树下经过，偶然抬头，看见树上的猴子手里拿着一个椰子。

他立刻兴趣盎然地站住说：

“瞧！那儿有一只猴子，手里拿着一个椰子！这个滑稽的动物拿那个东西想干什么呢？也许那个硬壳果变形了？我必须研究研究这个问题，即使耗费我研究生涯的好几年也在所不惜！”

不过，猴子要拿椰子做什么，并不需要大象研究那么长时间。大象话音未落，那个椰子就砰的一声砸在他脑袋上，眼镜都被砸掉了。大象立刻破口大骂起来，他忘记自己本来是想要感谢这只猴子的，因为研究一个问题的同时也能丰富自己的地理知识。

然而，他那可怕的咒骂并不能减少猴子对科学的热情！大象还没有把眼镜重新戴上，就又被椰子砸掉了。猴子第二次帮大象但丁解决了问题，像第一个椰子那样，这第二个椰子几乎分毫不差地落在了同一个地方。

现在大象也疯狂了，他来了个助跑，向树干冲去。犀牛的撞击使猴子积累了经验，他抓紧树枝，若无其事地看着大象的攻击，甚至成功地将第三个椰子向大象砸去。

大象已经看出来自己不能撼动这棵大树，就试图用他的鼻子碰碰运气。他把鼻子向上伸去，去拉猴子施莱维安坐着的那根树枝的末端。猴子根本就不想像熟透的李子那样从树上被摇落下来，赶快爬到大象鼻子够不到的更高的树枝上，然后静静地等着，直到大象也和犀牛一样，发现拿猴子一点儿办法也没有，无可奈何地回家为止。

猴子施莱维安恶作剧的下一个受害者是一头熊。关于他，没有什么可说的，他叫佩茨，是一头棕熊。

像其他所有的熊一样，他也喜欢吃蜂蜜。猴子的第一个椰子砸到他的脊背时，他就很愤怒。在被第二个椰子击中之后，他二话没说就上了树。

这可是猴子万万没想到的。他忘了，熊也能爬树！

虽然熊爬树很慢，但他不停地往上攀爬，猴子退到一根很细的树枝上，他知道，熊的身体比他重得多。

当熊也爬到猴子所在的那根树枝上时，树枝被压弯，失去了平衡，熊和猴子一起往下溜。动作更灵活的猴子一把抓住旁边的树枝，挽救了自己，坐在那根树枝上观望。笨拙的熊找不到落脚处，从树上掉了下去，结结实实地摔了个大屁股蹲儿。他发现，即使再次冒险攀爬，结果也不会有什么两样，于是就垂头丧气，怏怏地离开了。

现在轮到臭鼬了。他是这一带人人都敬而远之的动物，谁也说不清他到底是从哪儿来的。大家都叫他加拿大臭鼬。他每天都穿着同一件带黑白条纹的毛衣。他有一个很坏的习惯，那就是：如果谁惹恼了他，他会将一种令人非常恶心的液体喷到那人身上。有时候，他情绪恶劣时也会这样做。所以他没有朋友。

当臭鼬从这棵树下经过的时候，猴子施莱维安把第一个椰子砸到他的背上。他抬头张望，看见是猴子，就说：“我警告你！如果你敢再投一个椰子，我就叫你臭得连你自己的亲爹都不会再牵你的手！”

猴子小心翼翼地向上攀登了三根树枝，投下第二个椰子。臭鼬眼看着椰子向他飞来，灵巧地跳到旁边，椰子没有砸到他，紧接着他就把他的臭体液向上面喷去。

可是，因为猴子爬得太高，喷射的体液够不到他，像下雨似的又落了下来，臭鼬自己也不得不赶紧躲开，以免自己的臭体液又落到自己身上。当然，这使猴子感到特别开心，他把剩下的两个椰子一起向奔跑的臭鼬抛去。

就在这时候，有人要插手干预这场恶作剧了。大家可能已经预料到是谁了——来者正是老鼠“快点儿-快点儿”！

熊掉下来的时候，树周围三米的地方都在摇晃，老鼠的家晃动得很厉害，椅子都被震倒了。她吓得从洞穴里跑出来，马上就发现，这次地震的制造者就是猴子施莱维安。当她看见猴子正在跟臭鼬作对的时候，就飞快地溜回老鼠洞里，穿上自己的爬树靴子，偷偷地顺着树干爬了上去。

现在，她就坐在上面，牢牢地抓住猴子施莱维安坐着的那根枝丫，因为身体小，她没有被发现。

猴子把两个椰子同时向臭鼬投去，因为有一个椰子击中了臭鼬，所以他高兴地跳了起来。与此同时，只听咔嚓一声，他站着的那根树枝折断了，惊愕不已的猴子在抓住任何救命稻草之前掉到了地上，而且就掉在臭鼬面前。

愤怒的臭鼬立刻把所有的臭体液一股脑儿全喷射到猴子施莱维安身上，以前他还从未像现在这样痛快淋漓地喷射过别的动物！三个星期之后，猴子库库克还不愿意靠近猴子施莱维安，只在临近的一棵树上远远地跟他交谈。别的动物也没有一个敢走近他。这是后话。

见此情形，老鼠才慢慢地从树上下来，站在滴着臭体液的猴子面前，本来她想说："您瞧，这就是来自老鼠女子中学体育女教师的小小的复仇！"

不过，因为这位臭气熏天的猴子看起来那么可怜，所以她只说了"这就是我的复……"就捂着鼻子飞快地钻回自己的洞穴了。

"竟然会犯这样的错误。"当文身狗讲完这个故事的时候，狮子总结说。

"是的，猴子施莱维安低估了老鼠。"狗附和狮子的结论。

"不，我不是这个意思。我说的是：我对这个故事估计错误。这个故事那么长，而且还涉及，像前面讲的那样，一个那么小的动物。”

“还涉及一个那么大的动物！”一个微弱的声音在草丛里纠正说。原来是沙漠甲虫，他又偷偷地回来了，因为他也非常喜欢听故事。

他可以坐在草丛中听下一个故事，但有一个条件，那就是不许再插嘴。

“现在，我已经听了一个猴子施莱维安单独出现的故事。”狮子说，“因此，如果我说现在我想听一个猴子库库克单独出现的故事，应该是合情合理的吧。”

“你可以听这样一个故事。”狗回答。在这期间，他发现讲故事有那么多乐趣，所以根本不需要狮子三番五次地恳求。出现这种情况的原因，也许是狮子不再老用问题打断他的讲述，变成了一个好听众。

狗又开讲了：“有一天，一头驴……”

可是，狮子却大喊起来：“停，停！虽然我希望听关于猴子库库克的故事，可我还是想先看看那幅画！”

“这个要求也可以满足你。”狗爽快地说，“关于驴的画就在左耳朵旁边。”

“你能不能把耳朵向上抬一抬?”狮子看那幅画的时候问,“这样我就能看得更清楚了。因为他看起来像一匹斑马,而不是一头驴。”

“很遗憾。”狗回答,“我最不乐意做的事就是抬起左耳朵。也就是说,那里有一幅……只要可能……我就不想展示的图画。”

“是不是那幅画画得不好?”狮子好奇地问。

“不是!”狗说,“是因为,迄今为止,每当我展示那幅画的时候,结果都很糟糕。请不要坚持你的要求了!”

“那好吧!”狮子嘟囔着回答。他那张大长脸上已经放出光来,因为狗已经开讲了——

一头想成为斑马的驴的故事

有一天，一头名叫马克西的驴到很远的地方去散步，在那儿碰到一匹他从未见过的斑马。

“您好，动物。”他说，因为他不知道该怎么称呼斑马。

“您好，驴先生！”斑马彬彬有礼地回答。斑马见多识广，见过驴。

“您认识我？”驴惊异地问。

“我们在家里常常谈起您。”斑马回答，“比如说：孩子打翻了盛奶的杯子；孩子在作业本上写 1+3=5；孩子不注意，一屁股坐在苹果蛋糕上——这时候，大家就会谈到您！”

“我懂了。”驴讨好地大声说，“那时候，你们肯定会说：没羞，这种情况绝不会发生在驴身上！”

“差不多是这个意思，”斑马说，“差不多是这个意思！”

“我可不可以问一下，您到底是一种什么动物？”驴接着问。

“您当然可以问啦，亲爱的！”斑马说，他觉得这样的谈话很无聊，就小跑着离开了，“没有人会禁止您提问！”他回头大声说完，就消失在一片树林后面了。

“真是一头友好的动物，”驴自言自语地说，“而且那么彬彬有礼！显然他以认识我为荣。可惜我们的谈话太短。他很可能是被什么紧急的事情召回去了。无论如何，我必须给他一个机会，让他再来看我！”

第二个星期天，他又散步到那么远的地方，他也真的又遇见了斑马。

那匹斑马装作没有看见他，想加快脚步走开。可是，驴已经远远地大声说：

“您好，动物。今天天气不错呀！”

斑马站住了。

“您好，驴先生！”他彬彬有礼地回答，“是的，今天的雨下得特别好！”

“我想说的是：今天天气很糟糕！”驴气喘吁吁地跑到斑马跟前纠正，“我刚才说错了。”

“说错了比笨脑筋好！”斑马回应说。

“是的，确实，您说得对！”驴昂起头，大笑起来，“这话说得好，说得好！我要记住这句话：笨脑筋比说错了好！”

“正相反，”斑马说，“正相反！我已经想到您会喜欢这句话，也就是说，我从一头驴那儿听见了这句话。”

“现在，我可以再次询问您一下吗？”驴问，“您究竟是什么动物？”

“您当然可以问，亲爱的！”斑马说完，第二次小跑着离开了，“我再告诉您一次：谁也不能阻止您提问！”他回头大声说完就不见了。

“真是一头友好的动物！”驴兴高采烈地自言自语，“显然我的闲聊使他感到舒适。不然就是他总跟完全没有灵魂的动物在一起，这头可怜的动物！遗憾的是，他总是那么匆忙，很少有时间！”

在接下来的星期天，他甚至提前一小时去散步，并且又遇到了那匹斑马。

“您好，动物！”驴对斑马说，“这一次我要立刻发问：您到底是什么动物？”

“斑马。”

“这我立刻就想到了。”驴说着点了点头。

“因为我身上的黑色条纹吗？”斑马想知道。

“不，因为白色的条纹。我可以再提一个问题吗，斑马先生？”

“您问吧！”

“您总是给我留下一个彬彬有礼的印象。”

“这是陈述句，不是问题。”

“问题会来的，立刻就会来的！如果您稍微耐心点儿，我的问题很快就接上了。”

“那就请您继续！”

“继续？去哪儿？”驴惊愕地问，他的思路完全被打乱了，“我的闲聊使您感到不舒服吗？”

“不！”斑马安慰他说，“我的意思是，您可以继续提问！”

“继续提问，原来如此！”驴大笑起来，“我误会了您的意思！”他继续说：“您总是给我留下彬彬有礼的印象……”

“假如我没听错的话，”斑马打断了他，“这个结论我刚才已经听到了。”

“完全正确，完全正确！”驴又笑了，“真滑稽！是的，真滑稽，被您发觉了！嗯，您总是给我留下那么一种彬彬有礼的印象。现在我想问您——我确实可以提问吗？”

“假如我没有再次听错的话，”斑马不耐烦地说，“为此我已经给您许可了。”

“那么，现在我想问您，”驴集中思想继续发问，“您总给我留下的彬彬有礼的印象，是怎么产生的呢？”

“产生于我身上的条纹，‘黑色条纹在亮底上，给人有礼貌的印象，并且使人保持健康’——正如谚语说的那样！”斑马认真地边说边点头致意，然后小跑着离开了。

“真新鲜。”驴从惊异中恢复正常之后说，“黑色条纹在亮底上，给人有礼貌的印象。我也要有黑色条纹！”

下一个星期天，他又提前一小时去散步。但是，这一次他白等了一天，斑马没来。

“太笨了！”驴想，“我早就该问一问他，黑色条纹是怎么来的。”

从那以后，驴再也没有遇见斑马，于是他开始纠缠所有的邻居和熟人，每次遇见他们，都要向他们打听，问他们是否知道，他怎么才能获得黑色的条纹。

因为他的记忆力特别糟糕，有时候他会一天三次问同一个问题。不过没有人能够回答他的问题。

不久后，人们不再叫他的名字。每当提到他的时候，总是称他为“想成为斑马的驴”。

一个星期天，他又出去散步。那天他虽然没有遇到斑马，却遇到了猴子库库克。猴子库库克正在原始森林里寻找一棵猴面包树。

“早上好，驴先生！”猴子心情愉快地同他打着招呼。

“早上好，动物！”也还没有见过猴子的驴回答说。

“我是一只猴子。”猴子库库克稍微有点儿受伤地解释说，“为了将来，您可要记住：说‘早上好，动物’很不礼貌！如果不知道站在您面前的是谁，只要简单地说‘早上好’就行了！”

“您说得对。”驴伤心地说，“我很不礼貌。这是条纹的缘故。”

“什么条纹?”猴子库库克问，他转身看了看周围，没看见别人。

“因为背上的条纹。”驴解释说。

“我没看见任何条纹。”猴子仔细观察了驴之后肯定地说。

“就是因为没有，就是因为没有……”驴更难过了，他叹息了一声说，“就是因为我没有哇！如果谁让我有那种条纹，就是像‘半马’那样的条纹，我就会给他……”

“您大概想说像斑马吧。”猴子纠正说。

“对！像一匹斑马！”

“那你就会给……什么呢?”猴子进一步试探地问，不放过任何实惠。

“给一整口袋燕麦。”

“我不喜欢。”

“或者给五根大萝卜。”

“我不喜欢！”

“是吗？那您究竟喜欢什么呢?”

“香蕉！”猴子一脸享受地说，眼珠滴溜溜地转着。

“香蕉！”驴大声说，“除这个外您什么都不喜欢！”

“您有香蕉？”猴子惊异地问。

“没有。不过，我知道哪儿有！”

“如果您告诉我哪儿有香蕉，”猴子吧嗒着嘴大声说，“那我就帮助您弄到条纹。”

“真的？”驴高兴地大声说，“那我将感激不尽，动……动物先生！”

“我是猴子，这么一会儿就忘了！”猴子说，“现在我们立刻就到有香蕉的地方去吧。”

他们出发了。

等猴子把所有的香蕉都吃完，驴问：“我什么时候能得到条纹？”

“明天一早，我给你施魔法，让你身上出现条纹。”猴子撒谎说，“也就是说，我精通条纹魔法。你知道森林前面的那座大房子吗？”

“那座用木板条栅栏围起来的大房子吗？”

“我说的就是它！明天早上，太阳一出来，你就到那儿去。你会在那儿见到我。”

“不管发生什么我都会到!”驴说完就高高兴兴地回家了。

“别忘了带一面镜子!”猴子在他身后大声喊。然后,就回原始森林去了。

第二天早晨,猴子库库克来到那座大房子的时候,驴已经等得有些不耐烦了。

“早上好,驴先生!”猴子问候说。

“早上好,动物!”驴也礼貌地说。

猴子库库克有些不高兴了。他不想总是向驴解释自己是谁,所以他什么也没说,而是念念有词来来回回地走着。

驴睁大眼睛看着他:“魔法已经开始了吗?”

“耐心等着!”猴子说,“为此,我必须把你的眼睛蒙起来。”

“可以,为了条纹,如有必要!”接下来猴子就用一条毛巾把驴的眼睛蒙了起来,把他带到木板条栅栏前面。

旭日才刚刚升起,木板条栅栏投射在地上的条状阴影又黑又长。

当驴站到栅栏跟前的时候，栅栏的阴影投在他身上，就像一道道真正的黑色条纹。猴子满意地观看着，口中嘟嘟囔囔地念着很长的咒语，叽里咕噜地说一些听不清的句子。

在这期间，驴一动不动地站在那儿，沉默不语，满脸敬畏。

过了一个小时，猴子说："好了！"然后取下驴的眼罩，拿着镜子让他看。

驴往镜子里一看，他的肚子上和背上真的有一道道黑色的、垂直的条纹！

"现在，我要赶快回家，让所有的驴都看看，我变成斑马啦！"驴兴高采烈地欢呼起来，撒腿就跑，边跑边大声喊，"多谢了，动……动物先生！"

"猴子先生！"猴子本想这样纠正他，但想想还是算了，赶紧跑进原始森林里去了。

驴回到家，首先向他妻子展示。

"现在我给你留下彬彬有礼的印象了吗？"他充满期待地问。

"你一向给我留下的都是彬彬有礼的印象。"他妻子回答，“这还用问？”

“你到底看没看见我身上漂亮的条纹？”驴迫不及待地大声问。

妻子前后左右地观察了一遍，摇摇头，抚摸了一下他的耳朵，叹息说：“可怜的丈夫哇！现在他彻底疯了！”

“去你的！”驴愤怒地喊，推开她的手，“你真的很愚笨！笨得像……像一头……”

“像一头驴！”他的邻居，刚刚偶然飞回来的皇冠鹤帮他说。接着，又赶紧纠正：“抱歉，我想说的当然是——像一只鹅！”

驴走到他面前问：“亲爱的邻居，我给你留下彬彬有礼的印象了吗？”

“以前你总是这样！”他回答并思索了一会儿，“但是，如果一个人称他的妻子为笨鹅，这听起来，假如我的顾虑有道理的话，就有点儿不那么彬彬有礼了！”

“不那么彬彬有礼？”驴惊慌失措地问，“那我的条纹呢？”

“什么条纹?”皇冠鹤也惊愕地问。

驴对这些愚蠢的表现深感震惊。但尽管如此，他还是想让皇冠鹤看看。他指了指自己的后背。可以想象，当他发现自己的背部无论如何再也看不见任何条纹的时候，他是怎样的目瞪口呆呀！“这个畜生！”他大喊起来，由于愤怒，他甚至忽然想起了那个动物的名称，“那只猴子！他把我骗了。如果他再碰到我，一定会倒霉的，那个无赖！”

香蕉很对那个无赖的胃口。现在，他一定在琢磨，怎么能够得到更多香蕉。“我自己不会那么快就找到。”他可能在想，“驴肯定知道还有什么地方生长着香蕉。不过，他一定对我恼怒不已，什么都可以干，就是不愿意再一次帮助我！尽管如此，我也得再试一试。驴那么愚蠢，也许可以用计再骗他一回！”

下一个星期天，猴子正好到驴常去的地方散步。

驴看见了猴子，老远就大声喊起来:“原来是你呀，猴子先生！等一等，我要把你的耳朵扯得比我的耳朵还要长！”

猴子十分平静地站在那里。驴走近时，猴子彬彬有礼地问候："您好，动物！"

驴大声喊："您说什么？——'您好，动物！'你很清楚我是什么动物！"

猴子耸了耸肩膀："我真的很抱歉，像您这样的动物我还从未见过！您是一匹马吧？"

"我是一头驴，这您知道得很清楚！您就是那只在我身上施魔法变出条纹的猴子！"

"什么条纹？"

"我身上的条纹！"

"可是，我没看见您身上有条纹呀，驴先生！"

"可不，就是没有哇！"驴大叫起来，"所以根本就没有什么魔法！"

"那我就不懂了，如果那只猴子没有为您施魔法，那我怎么就是那只为您变出条纹的猴子呢？"猴子心平气和地问。

"不知道为什么，您的话好像也有道理。"驴小声地承认，然后就不知道该说什么了。

"再说了，"猴子继续说，"森林里的猴子成百上千只，这一只和那一只都长得一模一样！"

“我想出一个从成百上千只猴子中找出他来的办法了。”驴得意扬扬地问，“您会变魔术吗？”

“很遗憾，”猴子库库克同情地说，“我可变不出条纹来。”

“那就不是你了。”驴松了口气，说完，打了个招呼，就要走开。

“等一等。”猴子在他身后喊，“我虽然不会施魔法，但我能帮助您弄出条纹来。”

“弄出条纹来？”驴立刻站住，“您怎么弄呢？”

“我可以把条纹画在您身上！”

“您有颜料吗？”

“没有颜料，但有木炭！”

“如果您能搞到木炭，”驴兴高采烈地大声说，“那我就把一个大香蕉园指给您看！”

“一个大香蕉园！”猴子重复了一句，高兴得眼睛骨碌碌转，嘴巴已经不由得吧嗒起来了，“那我们就马上开始吧！”

猴子找来一块木炭，叫驴安静地站着别动，因为驴正激动得乱蹦。然后猴子就开始工作了，他仔细地在驴身上画着黑色的线条。一小时以后，他就已经累得汗流浃背了，驴身上也画满了斑马那样的条纹。

“现在我们就去香蕉园吧！”当驴站在一汪水里自我欣赏地照镜子时，猴子提议说。

“我给您留下彬彬有礼的印象了吗，猴子先生?”驴问。

“一个非常彬彬有礼的印象。现在让我们去香蕉园吧!”猴子迫不及待地回答。

驴小跑起来，开始比较缓慢，后来越跑越快。猴子气喘吁吁地跟在后面，舌头也耷拉了下来，他大声喊:“慢点儿，驴先生，慢点儿!”

驴不听他的，还不时地回头说一句:“快点儿，猴子先生，快点儿! 香蕉!”他把速度提高了一倍。最后，他来到一条小河边，跳进去，游到对岸。猴子不会游泳，不得不站住，眼睁睁地看着驴从河里爬上对岸。

“您大概在想我是一头蠢驴吧!”他从对岸向猴子喊。

“您就是一头蠢驴!”猴子怒不可遏地回答。

“当我许诺您香蕉的时候，您转动的眼珠和舔嘴唇的样子，已经让我认出您了。”驴继续大声说，“您就是上个星期天的那只猴子! 上一次您愚弄了我，现在我也骗了您，您这只笨猴! 也就是说，我们驴比人们想象中的更机智! 我们驴比猴子更精明!”他骄傲地高声说。

猴子意识到今天的香蕉吃不成了，就返回原始森林里去了。他在转身之前，大笑了一阵，喊道：“您还是再看看您身上的条纹吧，您这头精明的驴！”

“是的，我会这样做的！”驴沾沾自喜地大声喊，然后回过头来看自己的身体。

他发现身上的黑色条纹已经被河水洗得干干净净了！驴不得不像来的时候那样，灰溜溜地回家了。

这一回他真的气极了。从那以后，他对黑色条纹再也不感兴趣了，也不再用各种问题去纠缠左邻右舍了。人们谈起驴的时候，也没有人再称他为“想成为斑马的驴”，而是重新叫他“马克西”。

“驴真是一种头脑简单的动物。”沙漠甲虫听完这个故事大笑着说，“让人家在身上画条纹，这是一个多么愚蠢的念头哇！”

狮子若有所思地补充说：“我本来以为那些条纹能留得住，对此我曾深信不疑！不过，你们认为原始森林里真的有木炭吗？”

狗摆出一副好像没有听见这个问题的样子，大笑起来，同时说话的声音也渐渐地高起来：“这头脑简单的驴！斑马只是和他开了个玩笑！他居然真的相信了黑色条纹会给人留下彬彬有礼的印象，这头蠢驴！”

“真的吗？条纹真的没有那样的效果吗？”狮子目瞪口呆地问。

“肯定不会！”狗大声说，“这你已经看到了呀！”

“当然，当然！”狮子自负地回答，并提高嗓门继续说，“我可从未有过这么愚蠢的念头，让人家用可笑的条纹来使我美丽的毛皮变得难看！”

他们三个再次把驴嘲笑了一番。当他们终于笑够了的时候，狮子又从公文包里摸出他的眼镜并把它架到鼻子上。

狗开心地看着狮子：“现在我觉得，对你来说，好像再给你讲一个新的故事，也完全是理所当然的事情了。假如我现在没有更多的故事，或者不愿意再讲任何故事，那会怎么样呢？”

“你可不能这样做！”狮子生气地说，“你可不能这样说不讲就不讲，你后背上和肚子上还有好多画呢！”

“别担心，我会继续讲的。”狗说，“不过，老实说，现在我又感到饥肠辘辘了！”

“如果只是这个原因就好办了！”狮子松了口气，“这个我有办法！”

他把公文包里保存的宝贝儿全都拿了出来。他们一起吃了面包、火腿和黄瓜。

吃饱之后，狮子舔了一下嘴唇，狡猾地微笑着说：“现在，我给了你好吃的食物，你必须给我讲你左耳朵里面文的那个故事！”

狗听见他要求讲那个故事，吓得脸色苍白，赶紧把含在嘴里还没有咀嚼的香肠吞了下去。他不得不一边使劲地咳嗽，一边说：“这可不行。我……（他咳嗽着）……我已经请求过你，不要……问那个故事！任何……别的故事都行，就是不要问……那一个！”

狮子生气了，因为狗不愿意满足他的愿望。但他也不想伤害狗，他还想听狗讲更多的故事。所以，他忽然心生一计。

“我有一个主意！”他对狗说，“我闭上眼睛随便指你身上的一个地方，不看！你必须给我讲我偶然指到的那个故事！你赞成吗？”

“一言为定！”狗大声说。

狮子对狗的左耳朵里面的那个故事充满了好奇，他想骗一骗狗。也就是说，他没有把眼睛闭紧，而是偷偷地留了一条缝儿，他举起爪子对准狗的左耳朵拍了下去。

但是，狗早就看出了他的心思，他比狮子更狡猾。他在那一瞬间向前迈出一步，狮子的爪子拍中的是狗的侧面。

那个地方画的是一位坐在自己房间里戴着高帽子的魔法师。所以，狮子现在将要听到的故事不是左耳朵里面的那个故事，而是——

魔法师
阿布拉·卡达布拉克斯的
故事

有一天，猴子施莱维安对猴子库库克说："有时候，人们嘲笑我们，是因为我们有一对大耳朵。"

"这我知道。"猴子库库克说。

"我压根儿就不知道，对此我们为什么不采取行动？"猴子施莱维安接着说。

"对那些嘲笑我们的人采取行动吗？"猴子库库克问。

"不是对他们，而是对我们的大耳朵！"猴子施莱维安回答。

"请问，你想对此采取什么行动呢？把它们割掉一块儿还是缝小一点儿呢？"

"都不是！我想，我们应该让人施魔法把它们变得小一点儿。”

“施魔法变小！”猴子库库克惊异地喊出声来，“谁能做到呢？”

“后面的原始森林里有一位智者，他精通法术。这是今天我听一只沙鼠说的。她住在一个流沙丘里，跟着流沙周游世界，见多识广！”

“那个人会对耳朵施展魔法吗？”猴子库库克怀疑地问。

“耳朵、鼻子……你想变什么就变什么。今天早上，我向沙鼠诉说了我们的烦恼，她就说：‘猴子施莱维安先生，那您就去找魔法师阿布拉·卡达布拉克斯试一试吧。他闻名遐迩，技艺超群。枢密顾问鹬夫人嫌自己的嘴巴太长就去治了一次，结果很满意，很满意，很满意——对不起，我重复了多次，不过很遗憾，我一激动就这样！’我对沙鼠说：‘或许您也应该去魔法师那儿治一治。’她回答说：‘非常正确，非常正确，非常正确。’”

“你问她魔法师先生住哪儿了吗？”猴子库库克问。

“当然问了，他就住在后面的那座原始森林里。

进去，向右一拐就能看见他的房子了。”

“难道一点儿都不疼吗?”

“沙鼠说了，一点儿感觉都没有。他拿着魔法棒，念一句咒语，碰一碰耳朵，耳朵就变小了，变小了，变小了。”

“那我们就赶快抄近路去他那儿吧!”猴子库库克高兴地大声说。

“我早就想提这个建议了。”猴子施莱维安回答。

于是他们说走就走。走了两个小时之后，他们坐在草丛里歇息。

“我们早该到了呀!”猴子施莱维安说，“沙鼠说最多十千米。”

“你肯定没听错?”猴子库库克问，“也许她说的不是‘最多十千米’，而是‘一百一十千米’。”

“错不了，我听得很清楚，她说了三次‘十千米’。”

“三乘以十千米！那是三十千米!”猴子库库克不高兴地大声说，“那我们现在连一半儿也没走到。”

“不是！不是三十千米，是十千米!”

“到底哪个对呢?”猴子库库克有些茫然地问，“你先说十千米，然后又说三十千米，然后又说十千米！”

“不是我说的，是她说了三次十千米，我说的是她说了三次十千米。”

“这还不是一回事！”猴子库库克更糊涂了，“现在我实在搞不清楚了！”

“你就像你的耳朵一样愚蠢至极！”猴子施莱维安不耐烦地说，“她说‘十千米，十千米，十千米’，你听不懂吗？”

“原来如此。”猴子库库克说，“这么说我们真的快到了。”

他们又走了不到五分钟，就来到后面那座原始森林的入口了。

“其实，这座原始森林跟我们的那座是一样的。”猴子施莱维安边说边向里面张望，“也许这里的树干比我们那里的更粗些。”

“就是说我们那里的树干更细些。”猴子库库克围着一棵树转了一圈断定。

“也许这儿的树比我们那里的高一些。”猴子施莱维安接着说。

“上面的树枝伸得更远一些。”猴子库库克补充说。

“树叶更绿些。”

“颜色跟我们那儿的树叶不大一样。”

“除此以外，”他们得出了共同的结论，“看起来跟我们的那座森林没什么两样！”

这时候，他们听见从原始森林里面传来某种很轻的低语声。

“请，你先走！”猴子施莱维安彬彬有礼地说，让猴子库库克先走。

“啊不！”猴子库库克说，“你比我年长，出于礼貌，应该让你先走！”

“那就让我们一起走吧！”猴子施莱维安说着就牵住了猴子库库克的手。

就在这一瞬间，他们俩同时站住了，一种他们从未见过的动物从树丛后面十分缓慢地伸出脑袋。

“你是谁，你到底是谁？”猴子施莱维安大声问，像沙鼠一样激动地重复起来。

“我……是……一……只……树……懒……”那动物说。

他说话那样缓慢，每个字之间都要停顿很长时间，以至猴子施莱维安和猴子库库克为了不因为无聊而打盹儿，与此同时玩起了追逐、捉迷藏、顶牛和钓鱼游戏。

“亲爱的树懒，你说话能不能稍微快一点儿？”当他终于说完一句话时，两只猴子问他。

“那……样……我……就……总……是……会……说……错！”树懒说得稍微快了一点儿。

“请问，”猴子库库克说，“你能不能告诉我们去魔法师卡达布拉克斯那儿怎么走？”

“你……们……必……须……向……那……喧……闹……声……走……去……”树懒说，这一次说得又像先前那样缓慢了。

“什么喧闹声？”猴子们追问，但树懒好像不愿意答复了。

“什么喧闹声？”尽管如此，他们还是又问了一遍。可是他们发现，树懒已经睡着了。他们把他摇醒。

“那……魔……法……师……施……魔……法……时……总……是……那……样……大……喊……

大……叫……”树懒说，“你……们……必……须……一……直……跟……”

他们赶快又把他摇醒，他接着说：“跟……着……那……个……声……音。”

“谢谢！”两只猴子大声说，“谢谢你的答复！”他们侧耳倾听，却听不见森林里有任何喧闹声。

“也许我们应该大喊一声。”猴子施莱维安说。他们俩一起大喊：“你好！”

“我相信我听见了什么！”过了半天，猴子库库克小声说。但那却是树懒回答的声音：“不……用……谢！”

他们又喊了一声，真的，这次似乎真有人从遥远的地方回应了一声“你好”。

他们勇敢地向原始森林里走去，走了很长一段路。当他们再次站住倾听的时候，四周非常安静，犹如站在一个空荡荡的大教堂里。他们不知道该往哪儿走了。

忽然，他们发现树枝上有一只嘴巴弯曲的彩色鸟。

“你是谁?”猴子库库克问。

“你是谁?”鸟儿回问。

“你能告诉我，魔法师住在哪儿吗?”

“你能告诉我，魔法师住在哪儿吗?”鸟儿重复说。

“他在学舌!”猴子库库克气呼呼地对猴子施莱维安说。

“他在学舌!”鸟儿声音嘶哑地重复了一遍。

“我认为，这是一只鹦鹉。”猴子施莱维安对着猴子库库克的耳朵小声说，“这种鸟儿觉得学别人说话很好玩。让我来戏弄他一下!”然后，他大声说：

“我是一只鹦鹉，我会告诉你们怎么才能找到魔法师卡达布拉克斯!”

“我是一只鹦鹉，我会告诉你们怎么才能找到魔法师卡达布拉克斯!”鹦鹉重复说。

“好！你现在答应给我们指路了！那你答应的事情，可得守信用!”猴子施莱维安得意扬扬地说。

鹦鹉中计了，只好在猴子面前有问必答。但他指出，如果他破这个例，不再重复别人说话，那他只能用韵文作答。

“好，那你说魔法师住在哪儿？”猴子施莱维安问。

鹦鹉说：

“七十步外有一座房屋，
魔法师就在那里居住！”

“如果根本听不见他的声音怎么办？”猴子们问，“他会一直发出那种喧闹声吗？”

鹦鹉用嘶哑的声音回答：

“森林里面有位高人，
施魔法时发出噪声。
声音沙哑特别难听，
人人捂耳不愿听闻。
现在念咒改了声调，
喧闹噪声变得低沉。”

“原来如此！”两只猴子说，“那就多谢了！”

“那就多谢了！”鹦鹉生气地重复一遍后飞走了。

他们走了七十步之后，果然来到一座房屋前面。他们看见门牌上写着“阿布拉·卡达布拉克斯，魔法师”，就按了门铃。

魔法师好像不在家，屋里一点儿动静也没有。

他们又按了一次门铃，然后又按了一次，接着又一直按了很长时间，最后他们甚至伴着铃声手舞足蹈并唱起儿歌“所有的鸟儿全来到……”，也没有人把门开一条缝儿。

“真愚蠢。”猴子施莱维安说，“今天我们算是白跑了一趟！”

“那边有扇窗户开着。”猴子库库克说。他已经围着房子转了一圈儿，刚刚回到猴子施莱维安身旁。

“窗户？”施莱维安重复说，他们对看了一会儿。

然后，他们像闪电一般，围着房子转到窗前，以猴子特有的灵活方式，愤怒地蹿上窗台，从窗口跳进屋里。

他们站在屋子中央，惊讶不已。到处都是厚厚的书籍和画着神秘符号的纸张。靠墙立着的架子上摆满了装有红色和绿色液体的玻璃器皿。架子中间挂着镶在镜框里的图画，有的画表现魔法师正在工作，有的画展示的是他拿魔法棒的姿势。在一个壁龛中，他们发现了一个金灿灿的小盒子。

“那里面可能放着什么呢？”猴子施莱维安问，“打开看看！”

“不，你去打开！”

“不，你去打开！”

他们达成一致，像先前走进这片原始森林时那样一起掀开了盒盖儿。除了魔法师亲自使用的魔法棒之外，盒子里没有任何别的东西！

魔法棒是象牙制的，一头有一个黑色的把手，另一头镶嵌着两道银色条纹。

“魔法棒！”两只猴子异口同声，他们疑虑重重地观察着，“我们是否也能用它施魔法呢？”

“那就试试看！”猴子施莱维安想了想说。

“会不会有危险呢？”猴子库库克胆怯地问。

“我认为没有危险。我们可以看一下图，看看应该怎么拿着它。”

“那你从哪儿知道咒语呢？”

“你说得对。”猴子施莱维安承认，“看来不行！”

然而，猴子库库克的兴致已被激发，“我们拿它随便敲击一下什么东西——先不用咒语试试？看那样会发生什么。”

“那你就试一试！”施莱维安迟疑地说。

这时候，猴子库库克拿起魔法棒，迅速地敲了敲不知所措的猴子施莱维安的耳朵。

“耳朵，变小！”他命令说。

突然出现一阵拍打礼帽似的声音。猴子施莱维安站在那儿没动，耳朵却没了。

“你这只傻猴！”猴子施莱维安叫喊起来，“你把我的耳朵变没了！”

盛怒之下，猴子施莱维安一把夺过猴子库库克手中的魔法棒并敲了敲他的耳朵。

这时可以听见一阵像肥蘑菇爆裂时的声音，猴子库库克的耳朵在变大，变大，一直垂到脚尖，有一部分甚至拖到了地面。

“我要报复!”猴子库库克也叫喊起来，想一把推倒猴子施莱维安。

猴子施莱维安没有听见他在说什么，因为他现在已经没有耳朵了，但他能看见对方有多么愤怒，所以就急忙向窗口跑去，蹿上窗台，跳到窗外。

猴子库库克本来可以抓住猴子施莱维安的，可他偏偏碰到了更倒霉的事情：他刚要追就踩到了自己的耳朵，摔倒在地，在倒下去的时候又把架子上的玻璃器皿拉扯到了地上。

他终于来到窗前，这时猴子施莱维安已经跑出去了很远。

猴子库库克向上爬的时候过于匆忙，抓了个空，跌了下去。起初他很害怕，但他马上发现自己的大耳朵在下降的时候展开了，他像乘着降落伞那样在轻轻滑翔着降落。

猴子库库克摇了摇两只耳朵，想试一试能不能像翅膀那样上下扇动。没想到，他竟然像一只雄鹰那样扇动着强有力的耳朵飞了起来，于是他飞快地向猴子施莱维安冲去。

他追上了猴子施莱维安，在空中抓住了他的毛发，把他提了起来，然后松开手让他重重地摔下去。

由于幸灾乐祸，他没有向前看。所以，他的脑袋一下子撞到一根树干上，也摔了下去。

现在，他们紧挨着坐在地上，狼狈不堪，头嗡嗡响。一个没了耳朵，一个耳朵又大又长，他们面面相觑，禁不住一起大笑起来。

“我们讲和吧，然后试试把我们的耳朵变回原来的样子！”猴子库库克说。猴子施莱维安也说了一遍同样的话——他没有耳朵了，并未听见猴子库库克说了什么。

猴子库库克站了起来，不小心又踩到了自己的耳朵摔倒了，他爬起来，拉着猴子施莱维安的手，迅速向魔法师的房子跑去。他的两只大耳朵一起上下扇动着，当耳朵扇动到一定的速度时，猴子库库克的脚轻轻一点地面便向上升起，同时抓紧猴子施莱维安的手，一起飞了起来。他们从窗口直接飞进了魔法师的房间。

他们在碎玻璃中找到魔法棒，要重新碰碰运气。

首先，猴子库库克用魔法棒碰了碰猴子施莱维安头上原来长着耳朵的地方。

那儿立刻长出了一颗最美丽、最柔嫩的耳蕾。耳蕾慢慢地在长大、绽开，猴子施莱维安又有了自己的耳朵。

现在，猴子施莱维安拿起魔法棒，碰了碰猴子库库克的长耳朵。

猴子库库克的耳朵立刻慢慢地向上抬起，一直抬到跟脑袋一样的水平高度。他又轻轻地碰了一下，大耳朵就像蜗牛缩回壳里那样缩回到头颅内，直到它们跟原来一样大小时才停住。

现在，他们为重新获得了原来的耳朵而高兴，也根本不想再要更小的耳朵了。

他们迷上了用魔法棒做游戏，已经把老老实实回家的事情忘到了九霄云外。

猴子库库克拿起魔法棒，碰了碰一张画着鸟儿的图画。那只鸟儿立刻活了，在房间里转着圈儿飞。

猴子施莱维安不甘落后，也拿起魔法棒碰了碰另一张画。啪嗒！一条胖头鱼跳了下来。这下屋里热闹了！那只鸟儿还在转着圈儿飞；这条胖头鱼又靠尾鳍立着，一边跳舞，一边还唱起了歌：

“无论在水中，
还是在陆地，
我都是条周五鱼，
人见人爱有名气。

中年阿姨会烹调，
午餐桌上显绝技。
每到星期五，
鱼香飘万里！”

两只猴子兴高采烈，也一起唱起末尾那句：“每到星期五，鱼香飘万里！”同时忘乎所以地跳起舞来。最后猴子施莱维安抓住那条鱼，把鱼放到桌子上。他自己也坐上去，用魔法棒敲了一下桌子。

桌子也立刻走动起来了，开始很慢，像在试探，然后就越来越快了，驮着猴子施莱维安和鱼在屋子里小跑起来。

猴子库库克和鸟儿也赶快坐到板凳上，用魔法棒敲了敲。板凳也像马驹子跟着母马那样，在桌子后面跑起来。

这个游戏当然使他们四个都更加兴奋。他们跑出门，穿过走廊，又返回来，好像举行了一场赛马会似的。最后嬉闹着穿过房间，把书架上的书籍全部碰到地上，打碎了所有的瓶瓶罐罐，连墙上的画也都被扯了下来。

就在这时，屋门被人一脚踢开，魔法师已经站在了房间里。

猴子施莱维安和猴子库库克想赶快逃走，但桌子腿和板凳腿因恐惧而变得僵硬，像先前那样一动不动了。

看得出魔法师有多么怒不可遏了——只见他脸色铁青，头发竖起，眼睛冒火。

他抓起一根棍棒就打猴子、鱼和鸟儿。但因为疏忽，他抓到的正好是那根魔法棒：两只猴子、鱼和鸟儿四个都一起被施了魔法。

猴子库库克被击中了后背，鱼被击中了头，鸟儿被击中了翅膀。坐在地上的猴子库库克，现在脑袋成了鱼头，胳膊成了翅膀。

猴子施莱维安被击中的是下半身，看起来更糟糕：鸟腿上站着的是布满鳞片的鱼身子，脑袋还是猴子施莱维安的。

“现在，我是一只鱼猴鸟呢，还是一只鸟鱼猴，或者是一条猴鸟鱼呢？”猴子施莱维安绝望地问。

“那我呢？”猴子库库克带着哭腔说，“我是一只猴鱼鸟呢，还是一只鱼鸟猴，或者是一条鸟猴鱼呢？”

现在，魔法师虽然愤怒，但也忍不住大笑起来。他用魔法棒又碰了碰他们，他们又一下子都恢复了原形。

“在我惩罚你们之前，”他严厉地对两只猴子说，“你们要先把这满地的碎玻璃给我扫到一边去！”

他对鱼和鸟儿说:“我要把你们重新变回原来的图画里去。”

他说完就把鱼抓在手里,把他举到墙上,用魔法棒碰了碰它。眨眼工夫,鱼就已经飞到原来那幅镶嵌在宽边金色镜框里的画上了。

接着他就去抓那只鸟儿,可是鸟儿却试图逃脱,扑棱着翅膀在屋里转着圈儿跑。魔法师在后面追,想抓住他,在跨过屋子中间的板凳时被绊倒了,直挺挺地摔了个大马趴。

两只猴子大笑起来,此刻正是逃跑的有利时机,他们向窗口奔去,打算爬窗逃走。

然而,他们打错了算盘,因为魔法师技艺高强,他可以在相当远的距离之外施展魔法。他很快地念了一句咒语,尽管他还趴在地上,但他用魔法棒对着猴子的方向一指,他们就像石猴一样寸步难行了。

魔法师慢慢地站了起来,掸掉大衣上的尘土,向两只猴子走去。

“我要让你们瞧瞧!”他威胁说,“你们能不能像自己以为的那样,欺骗阿布拉·卡达布拉克斯这样的魔法师！”

首先他抓住那只鸟儿，用魔法棒在它头上一挥。然后咕哝了一句什么，用魔法棒碰了碰猴子库库克的肚子。猴子库库克就像一个撒了气的气球那样——变得越来越小，而那只鸟儿却像一个正在充气的气球那样——变得越来越大。

当他们俩差不多一样大（或者说一样小）的时候，魔法师又念了一句咒语。

只听啪的一声，仿佛气球爆炸了一般，紧接着猴子库库克的头就变成了鸟头，鸟儿的头就变成了猴子库库克的猴头。

“现在轮到你了！”魔法师对猴子施莱维安一边说一边不怀好意地微笑着。

接着，他连珠炮似的一连说了三遍“克尼克斯克诺罗亚克斯”，用魔法棒碰了碰猴子施莱维安的鼻子，猴子的身体立刻发生了可怕的变化：他的胳膊跟越来越瘦的身体合而为一，他的两条腿变成了一条，而且变得越来越细、越来越长。

最后，猴子施莱维安完全变成了一根上粗下细的长管子，脑袋端正地摆在管子粗的一端。全身的皮肤则变得越来越硬、越来越亮。魔法师把管子拿在手里，惬意地观察着，然后向管子的细头里吹了一口气——可以毫不掩饰地说，猴子施莱维安已经变成了一把长号！魔法师从细头向里面吹气，施莱维安张开的嘴巴里就发出音乐声。

开始，魔法师不得不试着吹几下，来快点儿掌握这种非同寻常的乐器。几分钟之后，他就能吹奏自己喜欢的所有旋律了。他吹奏起《鸟猴和猴鸟之歌》，乐曲回荡在原始森林里。鸟猴库库克情不自禁地跟着唱出歌词：

“一只美丽的猴鸟，
跳起翩翩的舞蹈。
是谁闯进家门，
这么慌手慌脚？

原来是你鸟猴，
真是让人摇头。
踩坏美丽的尾巴，
好像跟我有仇！

猴鸟说这话不该，
客人谁还敢再来？
鸟猴很不高兴，
噘着嘴巴离开。”

吹了一阵，魔法师玩腻了，再也不觉得有趣。

他首先恢复了鸟儿和两只猴子的原形，然后才抓过那只鸟儿并把它变回画中。接着他走到猴子施莱维安跟前，用魔法棒碰了碰他。他也同样变成了一幅画满精美花纹和各种花卉植物的美丽图画，还有讲故事和展示某些事件的图画夹杂在中间。

起初，魔法师也想把猴子库库克变成一幅画，后来他想到了一个更好的法子。他把库库克变成一条狗："从现在开始，你就给我看守房屋。这样我不在家的时候，就不会发生今天这样的灾难了！"

他说这话的时候，正好站在猴子施莱维安变成的那幅画下面。忽然，那幅画从墙上掉了下来，正好砸在魔法师的脑袋上。

魔法师摔倒了，眼镜从鼻子上掉了下来，大礼帽被压扁了，魔法棒也从手里甩了出去。

这个时候，被变成狗的库库克不想丢下伙伴施莱维安，立刻用牙咬住画框，试图带着他一起逃走。

画框很重，狗只能拖着它向后退。这时候，他踩到了魔法棒——准确地说，只是刚刚碰到魔法棒，魔法棒的魔力就开始生效了：狗和那幅画被魔法重合在一起了。狗的背上、肚子上和腿上——整个身子完全被五颜六色的图画覆盖，就像文上去的一样。

狗看到这个变化，异常高兴。他现在不用再费劲巴拉地拖着那个沉重的画框，那幅画已经镌刻在他的皮肤上了。

魔法师惊慌失措，对眼前发生的一切还没有回过神来，狗已经闪电般地冲到门外，永远消失在了原始森林密不透风的矮树丛中。

“这么说，那以后人们再也没有看见过那条文身狗啦？”狮子伤心地问。

“再也没有！”文身狗说。

“真令人伤心。”狮子叹了口气，“再也没有看见！”他的眼睛里充满了泪水。

文身狗试图安慰狮子，其实更想嘲笑他一番。

“现在，我给你讲猴子库库克怎样因为疏忽大意而变成了一只刺猬的故事吧。”他说，“这个故事会让你高兴起来。”

可是，狮子却垂头丧气地摇了摇头。

“是吗？果真没有什么能使你重新快乐起来吗？”

“要不然，我讲一个猴子施莱维安怎样把一头黑熊和一颗蓝莓①弄混淆了的故事好吗？这个故事一定

---

① 德语 Schwarzbären（黑熊）和 Blaubeere（蓝莓）容易误听为“黑熊和蓝熊”或“黑莓和蓝莓”。

会让你高兴。”

狮子又摇摇头。

“难道真的没有任何故事，能够使你再快乐起来吗？”

“有的！”狮子回答，同时又叹了一口气说，“如果你能给我讲一讲你左耳朵里的那个故事，那我就会重新高兴起来了。”狮子狡猾地说，当他看见狗的脸扭曲起来的时候，又急忙第三次叹息了一声。

现在，狗也跟着叹息起来，最后他说：“实在不行，那我就只好把耳朵竖起来了！”他这样做了。

狮子立刻忘记了自己的忧伤，戴上眼镜，开始看那幅画。

“一条文身狗！”他吃惊地喊。

“完全正确，一条文身狗。”狗肯定说，“但是，在我给你讲这个故事之前，我必须给你更详细地解释一下这幅画。它，也就是这个故事，很不简单！我耳朵里的文身狗的左耳朵里文的是什么呢？”

狮子更仔细地看了看那幅画，然后惊呼起来：“也是一条文身狗！”

文身狗顽强地继续问：“我左耳朵里可以看见的文身狗的左耳朵里可以看见的文身狗的左耳朵里可以看见什么？”

“你什么意思？”狮子糊涂了，“你怎么也突然结巴起来了？”

狗重复了一遍他的问题。

“你认为，我应该查看一下，在你耳朵里的狗的耳朵里的狗的左耳朵里画的是什么，换句话说就是在你的耳朵里可以看见什么吗？”狮子问，他感觉更加混乱了。

狗点了点头。

狮子注视着那幅画，然后极其惊异地大喊：“那上面竟然还有一只更小的文身狗！”

“我知道！”狗平心静气地回答，“现在我想知道，这条文身狗的左耳朵里可以看见什么，就是在我的耳朵里文的这条狗的左耳朵里文的那条狗的左耳朵里文的什么？”

“什么？你说什么？”狮子心烦意乱地喊着，“你想把我逼疯吗？”

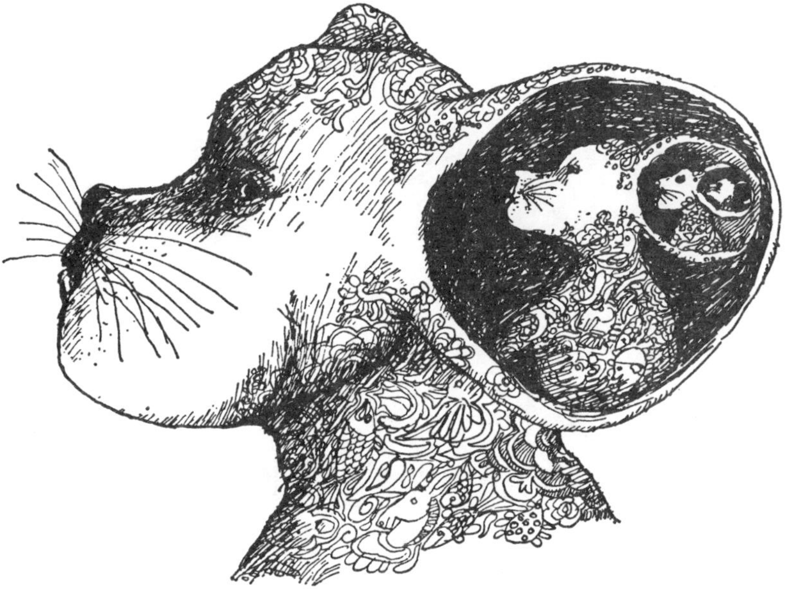

“很遗憾。”狗说，“但是，在我继续给你讲这个故事之前，必须把所有的关联都搞清楚，否则这个故事就太乱了！”

“你想知道，”狮子痛苦地重复说，“左耳朵里的左耳朵里文的什么，狗的，左狗的……不，哎呀，我实在说不清楚！”

“再试一次，就一次！”狗耐心地命令说。

“你想知道，在文身耳朵的左狗里可以看见什么……不对，我真的要发疯了！”狮子大声喊，他变得越来越恼怒了。

“你只需静下心来思考！”狗训斥他说。

“在狗的左耳朵里文的什么，在左狗的……在左耳朵里的……耳朵……不对，应该搞清楚，应该搞清楚，可是谁能搞得清呢？”狮子愤怒至极地叫喊起来，“得了，你的故事我也听腻了！”他提起公文包，把眼镜扔了进去，气呼呼地嘟囔着：“现在我得去统治我的王国了！我没有时间听你那些乏味的故事了。再见！”他一赌气，扬长而去。

狗东张西望，寻找沙漠甲虫，沙漠甲虫也不见了。

“每一次的结局都是这样！”文身狗说，“这是多么简单明了哇：

在我的耳朵里文的狗的左耳朵里文的狗的左耳朵里文的当然还是一条文身狗哇！可是，人们连这个最简单的问题都回答不了。那我怎么就应该讲故事给他们听呢？”

他说完这段话就向西走去，消失在那座原始森林里，那儿的矮树丛十分稠密，从那以后，人们就再也没有见过他。

这本书差一点儿就没能出版

（译后记）

李士勋

1968 年，《文身狗》在弗里德里希·于亭格的出版社出版，这是保罗·马尔为自己孩子创作的第一本童话书。一年前，他成为三个孩子的父亲。

不过，这本书差一点儿就没能出版。保罗·马尔在与出版人于亭格的谈话中，透露自己认可这样的观点："为了提高自己的声望，明智的话，可以强调自己本来应该被看作为成人写作的作家。"也许这是出版人对他的试探和考验，那次谈话之后，于亭格先生就把《文身狗》的手稿退还给了马尔。他在附信中写道："我对一个把儿童文学看作二等文学的作家不感兴趣。要我出您的书，必须有一个条件，那就是您将来要持续不断地为儿童写作。假如这个条件对您做出决定有所帮助，我会把您看作一位绝对有希望的作家。”

这位出版家慧眼识人。他看了《文身狗》的手稿之后，就已经确认保罗·马尔是一位杰出的作家。但是，他要改变当时世俗认为的“儿童文学作家是二等作家”的观点。

一年后，《文身狗》入围德国青少年文学奖。

从此，保罗·马尔一发而不可收。他的《一周全是星期六》(1974)、《弗洛里安叔叔的流动跳蚤市场》(1978)、《外婆的铁路》(1982)、《安妮想成为双胞胎》(1983)、《利普尔的梦》(1985)、《塔楼》(1988)等一部部新作，一次次入围德国青少年文学奖，同时摘得其他各种文学奖。

1987年，保罗·马尔全部作品获德国青少年儿童文学院大奖。

1996年，他的全部作品再获德国青少年文学奖特别奖。

2009年，他的全部作品又获德国朗读奖。

继1997年获国际安徒生奖提名后，保罗·马尔连续入围2012年、2013年阿斯特丽德·林格伦纪念奖。

同时保罗·马尔还是一位出色的剧作家。他创作的儿童剧和根据自己作品改编的电影，获得了包括德国电影金奖（《萨姆斯》，2002）在内的国际国内多项大奖。

保罗·马尔的作品深入人心，在全德国，以他名字命名的“保罗·马尔小学”达十七所。此外，还有以他名字命名的儿童之家。

2017 年 12 月 13 日，保罗·马尔迎来他的八十岁生日。他居住的班贝格市，当时全市人行道红绿灯上的小人，全部换成大师作品主人公萨姆斯的形象。家乡人以这种别开生面的方式，向这座城市引以为豪的作家和他创造的经典致敬。

《文身狗》是保罗·马尔出版的第一本书，我的中文译本恰好在此时出版，能以此作祝贺这位孜孜为儿童写作五十年的杰出作家的寿诞，让我感到非常荣幸。

作者简介

保罗·马尔(Paul Maar, 1937—) 德国著名儿童文学作家和儿童戏剧家。出生于巴伐利亚小城施韦因富特(Schweinfurt),后一直生活在班贝格市。有三个子女。曾为舞台设计兼美术教师,后为职业作家和插画家。他的许多著作都是自己画插图。获得20余种奖项,1996年,个人全集荣获德国青少年文学奖特别奖。《文身狗》是他出版的第一本书。

译者简介

李士勋 1945年出生。江苏人。1968年毕业于国际关系学院。1978届社科院研究生,师从冯至教授,获文学硕士学位。曾任《世界文学》编辑。1985年进外交部工作。1989年赴波鸿大学进修。后为德国宣誓翻译。译作有《毕希纳全集》《第七个十字架》《单行道》等。《毛毛》《永远讲不完的故事》《蓝熊船长的13条半命》获2015年首届德译中童书翻译奖。

彩乌鸦世界文库

★ 初版20册全部分批入选全国中小学图书馆（室）推荐书目

★ 德语文学权威评审机构德国青少年文学研究院选荐

★ 部分图书获中国国家图书馆文津图书奖、首届德译中童书翻译奖等

★ 新版缤纷呈现，在全球范围内甄选高品质儿童文学以飨读者

想象 荒诞 哲理

谁会想到，有天男孩理查竟然变成了一只乌鸦；谁又会知道，乌鸦最开始竟然是彩色的鸟儿。

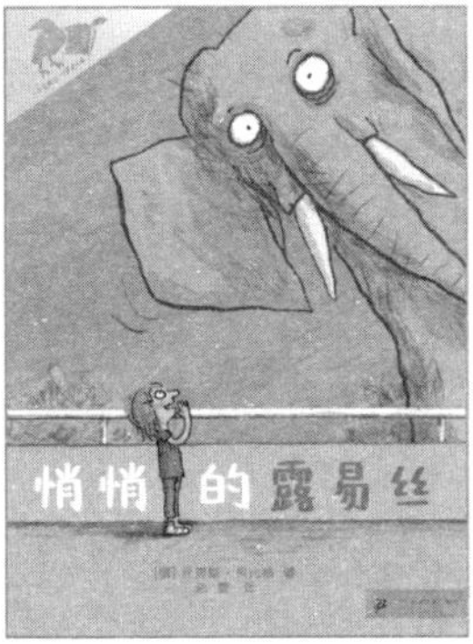

性格 成长 家庭

有时候能做个“悄悄的露易丝”也是相当棒的。当你静静聆听万物的声音，万物也会和你说悄悄话呢！

生命 哲理 奇幻

邦贝先生的身体千疮百孔，他的思想却极为非凡。他想成为一位作家，于是放飞了他的信，而信带着一个个故事回到他身边……

童心 逗趣 二娃

成长 教育 家庭

想象 颠覆 魔法

想象 乐趣 童话

想象 沟通 寓言

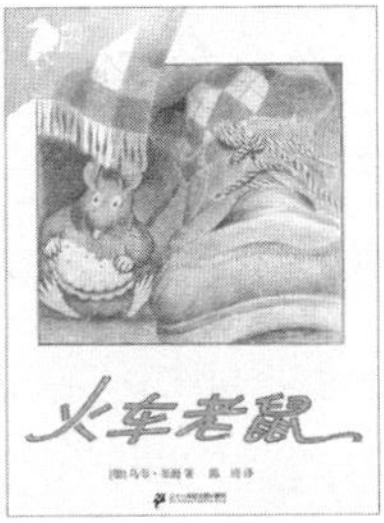

冒险 自由 人生

想象 魔法 童诗

父爱 成长 旅程

亲情 成长 想象

动物 家庭 喜剧

动物 哲理 寓言

动物 寻爱 冒险

亲情 成长 教育

母爱 生命 成长

亲情 友情 教育

自然 环保 生命

哲理 反战 教育

哲理 讽刺 教育

——“彩乌鸦世界文库”不断更新，精彩继续。

彩乌鸦中文原创

★ 荣获第三届中国出版政府奖图书奖

★ 入选“十二五”国家重点图书出版规划项目

★ 收录多位名家作品，被誉为“中国儿童文学原创精英的华丽亮相”

★ 从儿童阅读需求出发，集优组合，短小精悍，不与课业争抢时间

亲情 湘西 少女

湘西苗寨里，我见证着阿桃和她的妹之间，那纯粹、无私、超越时代、超越环境的情感。

自然 动物 成长

对于一只草地牧羊犬来说，最幸福的事莫过于奔跑在茫茫的牧场上，在主人的身边慢慢老去。

家庭 相处 心灵

俄罗斯娃娃的每一层都是不同的面，人的心灵是否也是这样呢？夏洛特和玛雅渐渐发现，他们并未真正了解爸爸妈妈，他们也有不同的面。

成长 教育 女孩

想象 自然 童话

弱势群体 关爱 成长

动物 自然 生命

想象 寻宝 勇气

青春 友谊 成长

童年 友谊 成长

想象 科幻 冒险

亲情 爱 家庭

想象 生命 美好

正视缺点 校园 教育

动物 自然 生命

动物 战争 生命

相信自己 成长 教育

想象 友谊 童话

梦想 音乐 成长

想象 奇妙 童话

——“彩乌鸦中文原创”不断更新，精彩继续。